KB015388

심재기 교수 산문선 ❷

한국인의 언어 감각

우리말의 뿌리 캐기

明文堂

책머리에

어느새 60년이 넘도록 우리말을 배우고 가르쳐 왔다. 이 세상에 태어나서 우리말을 배우고 가르치는 일 이외에 내게 다른 일이 있을 수 없다는 생각으로 살아온 세월이기도 하였다. 열정이 앞서던 젊은 시절에는 어린 중학생들에게 주먹질도 해 가면서 우리말 사랑의 바른길을 강조했었다. 그러다가 언제부터인가 우리 말에 대한 애정을 가벼운 수필 형식으로 발표하여 왔다. 이제 이것들을 묶어 한 자리에 모아 놓고 보니 나의 치졸한 목소리가 부끄러운 뿐이다.

그러나 이 부끄러운 글들은 그런대로 우리말에 대한 나의 숨김없는 애정을 드러내고 있다. 나는 이 글 묶음을 내 어린 시절에 나에게 우리말을 공부하도록 이끌어 주신 국어선생님들께 바치고 싶다. 나의 중·고등시절은 1950년대 초반이었다. 아직 6·25전쟁의 상처가 아물지 않았고 원색적인 가난이 사그라지지 않던 그 시절, 나의 국어선생님들은 '우리말 사랑' 이라는 일종의 종교적 신념을 제외한다면 다른 것은 보잘 것이 없는 분들이었는지도 모른다. 가난이 흉될 것이 없던 때이니 뒤집어 짓기를 해 입은 양복마저 소매 끝이 나달나달 해어졌었다는 것을 새삼 들출 필요는 없을 것이다. 일본 식민지 시절에 청춘을 살았으니 대체로 국어국문학을 정식으로 배울 기회가 없었다는 것도 들출 필요가 없을 것이다. 또 선생님들의 서가에는 국어국문학에 관련된 책이 별로 없었다는 것도 문제 삼지 말아야 한다. 고작해야 최현배 선생의 〈우리말본〉과 양주동 선생의 〈고가연구〉 같은 책이 몇 권의 소설책과 시집들 사이에 꽂혀 있었던 것 같다. 그러나 몇십 번을 읽었던지 까맣게 손때가 묻은 그 책들의 겉장은 거의 떨어져 나갈 지경이었고 날깃날깃한 책장을 넘기면 두겹 세겹으로 붉은 줄이 그어져 있는 것을 볼 수 있었다. 보통 때에는 어쩌면 바보처럼 보이던 선생님들, 그렇지만 민족문화를 보존하고 계승하는 데 가장 기초가 되는 것은 우리말을 바르게 알고, 바르게 쓰는 것이라고 주장하실 때에는 그 형형한 눈빛에서 불똥이 튀지 않는가 여겨져서 나는 몇 번이고 온몸이 조여오고 가슴이 터질 것 같은 감동을 맛보았었다.

그래서 나는 국어선생이 되었다. 그러나 어린 시절의 스승을 머리에 떠올리며 강단에 섰을 때, 나는 옛 스승들만큼 우리말에 대한 신념과 열정을 지니지 못했음을 깨닫게 되었다. 부끄럽기 그지없었다. 그렇지만 내 앞에 다른 길을 선택할 여지는 없었고, 나는 내 나름대로 떠듬떠듬 우리말이 어떻게 아름다운가를 그려나가지 않을 수 없었다.

여기에 모인 글들은 그러한 내 안간힘의 흔적들이다. 이 책을 읽는 이들이 만일 이 글들을 통하여 조금이나마 우리말의 소중함과 아름다움을 깨닫는 데 도움을 받았다면, 그것은 오로지 그 옛날 나에게 우리말을 가르쳐 주셨던 저 가난한 시절의 스승님들 덕분이라고 믿는다.

2018년 1월 22일

抱川 先山下 遠慕齋에서 지은이 씀

차례

우리말에 뿌리 캐기

• 우리말의 흐름

• 속담의 감칠맛

• 언어생활과 언어 예절

• 국어 교육의 올바른 방향

• 우리말 · 고운 말

• 문화점검(文化點檢)

• 어문유감(語文有感)

• 노변정담(爐邊情談)

우리말에 뿌리 캐기

ᄉᆞᆫ〔男〕과 갓〔女〕

한자(漢字)문화에 짓눌려 지내는 동안, 고유한 우리의 토박이 말이 한자어로 대치됨으로써 고유어가 세력을 잃거나 아예 사라져버린 경우까지 있는데, 그러한 낱말 가운데에는 남녀를 가리키는 말도 포함되어 있다. 남녀를 순수한 우리 말로는 무어라고 했을까?

이러한 의문이 생길 때에, 우리의 뇌리에 떠오르는 시조 한 수는 송강 정철(松江 鄭澈)의 훈민가(訓民歌) 중의 하나이다.

〈간나ᄒᆡ 가ᄂᆞᆫ 길홀 ᄉᆞ나ᄒᆡ 에도ᄃᆞ시

ᄉᆞ나ᄒᆡ 네ᄂᆞᆫ 길흘 계집이 ᄎᆡ도ᄃᆞ시

제 남진 제 계집 아니어든 일흠 묻디 마오려.〉

남녀유별(男女有別)이라는 유교적인 덕목을 강조하는 이 노래에서 우리는 남녀를 지칭하는 두 개의 낱말 'ᄉᆞ나ᄒᆡ' 와 '간나ᄒᆡ' 를 얻게 된다. 불행하게도 이들 두 낱말은 오늘날 비속성(卑俗性)의 때를 묻히고 천박한 표현으로 전락하였지만 옛날에는 단순히 남녀를 가리키는 일반적인 의미의 낱말이었을 것이다.

그러나 이들 두 낱말은 좀 더 자세한 분석을 요구한다. 훈몽자회(訓蒙字會)에 'ᄉᆞᆫ 뎡(丁)' 이라 적혀 있는 것으로 보아 남자를 뜻하는 낱말은 단지 'ᄉᆞᆫ' 이라는 일음절이었을 것이다. 'ᄉᆞ나ᄒᆡ' 는 'ᄉᆞᆫ(男)' 과 '아ᄒᆡ(兒)' 의 복합형으로 보는 것이 좋겠다. 그렇다면 '간나ᄒᆡ' 도 그와 같은 복합형으로 보아야 한다. '갓나ᄒᆡ', '갇나ᄒᆡ' 와 같이 표기된 예도 있고 '갓어리' 같은 낱말이 있는 것으로 보아 '갓' 이라는 일음절 형태가 여자를 가리키는 낱말이었음을 추정할 수 있다.

따라서 '간나ᄒᆡ' 역시 '갓(女)' 과 '아ᄒᆡ(兒)' 의 복합형으로 보는 것이 좋겠는데, 이 경우에 '나ᄒᆡ' 에 들어 있는 'ㄴ' 을 어떻게 처리하느냐가 고민거리였다. 근자에 이르러 서북 방언에 '사나나이' 라는 이형태(異形態)가 있고, 칠대만법(七大萬法)에 '가ᄉᆞ나ᄒᆡ' 가 있음을 들어 〈ᄉᆞᆫ+ᄋᆞᆫ+아ᄒᆡ〉 〈갓+ᄋᆞᆫ

+아힉〉로 분석함으로써 해결의 실마리가 잡히게 되었다(여기에서 '운'은 'ᄋᆞ'와 'ㄴ'으로 다시 나뉘고 'ᄋᆞ'는 연결모음이요, 'ㄴ'은 일종의 속격형태로 추정된다.)

이에 이르러 우리는 남녀를 가리키는 고유어가 'ᄉᆞᆫ'과 '갓'이었음을 확인한다. 이 'ᄉᆞᆫ'과 '갓'을 두고 우리의 옛 선조들은 무척 아름다운 상상을 즐겼다. 송남잡지(松南雜識)에 적힌 경우 하나만을 살펴보기로 하자.

ᄉᆞ나힉(似那海) : 고려 때 이부춘(李富春)이라는 사람에게 '나힉'라는 아들이 있었는데, 그 아들이 어찌나 준수하게 생겼던지 남자로 잘 생긴 이를 '나힉'와 비슷하다 하여 'ᄉᆞ나힉'라 하였다.

(似那海 : 麗朝李富春子 名那海 其貌甚美 故以男子似那海稱之)

가ᄉᆞ나힉(假似那海) : 고려 때, 영남지방의 남자들을 뽑아 군인으로 내보내게 되었는데 남자 장정의 수가 모자랐다. 그래서 할 수 없이 여인으로 숫자를 채우니 징발된 여자 군인을 '가ᄉᆞ나힉'라 부르게 되었다.

(假似那海 : 或云 麗朝選嶺南男丁出軍 而男丁不足 以女人代充 故謂假似那海)

이러한 한자부회(漢字附會)의 어원해설(語源解說)은 오늘날 한갓 웃음거리를 제공할 뿐이지만 그 가운데 웃어넘겨서는 안 될 중요한 부분이 있다. 그것은 '사내다움', 곧 '남자다움'의 본질이 준수하게 잘생긴 것이라고 생각하였다는 점이요, '가시내다움', 곧 '여자다움'의 속성에는 '사내'의 부족함을 채워주는 데 있는 것이라고 여겼다는 점이다. 물론 '잘생겼다'는 것을 단지 외모에 국한시켜 생각하지는 않았을 것이요, 남자의 부족을 채워준다고 할 때에도 단순히 숫자를 채우는 외형적인 보충을 넘어서는 경지를 함축하면서 논한 말일 것이다.

옛날의 우리 선조들은 고유어의 의미나 어원을 생각할 적마다, 습관적으로 한자에 끌어 붙이려는 잘못을 범하기는 했지만, 그들이 그 낱말에 대하여 품고 있었던 염원과 이상은 올바른 것이었다고 생각하지 않을 수 없다.

암〔父〕과 엄〔母〕

어버이 사라신제 섬길 일란 다ᄒᆞ여라.
디나간 휘면 애ᄃᆞᆲ다 엇디 ᄒᆞ리
평ᄉᆡᆼ애 고텨 못ᄒᆞᆯ 일이 잇ᄲᅮᆫ인가 ᄒᆞ노라.

이 시조에서 강조하는 효행의 대상 '어버이' 는 어떻게 구성된 낱말일까? 그리고 그 두 분 부모를 각각 따로 가리키는 '아버지' 와 '어머니' 는 어떻게 만들어진 낱말일까?

이들 낱말에 대한 어원적(語源的) 탐색(探索)은 크게 두 가지 방향으로 진행되었다. 한자(漢字)에 관련짓기를 즐기던 조선왕조 시대에는 언어의 계통도 고려하지 않고 한자에 끌어다 붙였고, 요즈음에 와서는 친족어(親族語) 연구의 일환으로 형태의 분석을 통해 앞선 시기의 기본 형태를 추정하는 방향으로 진행되었다.

먼저 지봉유설(芝峯類說)의 설명부터 살펴보기로 하자.

〈오늘날 세상에서 아비를 '아부(阿父)' 라 하고, 어미를 '아미(阿㜷)' 라 한다. 아프면 '아야(阿爺)' 라 외치고, 놀라면 '어머(阿母)' 라 하지 않는가. 그런즉 굴원(屈原)이 말하기를, 몹시 아프거나 크게 놀랄 때에는 부모를 부르지 않을 수 없다고 하였으니 일리가 있는 말이다. '아미(阿㜷)' 라는 낱말 글자는 이장길전(李長吉傳)에도 나오고 최치원(崔致遠)의 진감비서(眞鑑碑序)에도 나오는데, 그것이 본래는 중국말〔唐語〕이다.〉

이와 같은 이수광(李睟光)의 설명에 따르면, 이 세상의 언어는 온통 단일 계통에 속해야 마땅하고 한국어는 어떤 언어와도 비교가 가능하게 된다. 엄정한 방법론의 수립과 조심스런 대비작업(對比作業)을 거치고도 결론 내리기를 주저하는 오늘날의 어원 연구 태도와는 사뭇 거리가 있음을 보게 된다.

그러면 형태 분석에 초점을 맞추는 근래의 연구는 무엇을 문제 삼았는가? 응당 부모의 개념이 무엇인가를 논의할 필요는 없었으므로 앞선 시기의 父와 母를 가리키는 기본 형태를 찾는 일에 관심이 모아졌었다. 연구자마다 약간씩 의견의 차이가 있기는 하지만 '압' 과 '엄' 을 기본 형태로 추정하고 주격(主格)의 접미형태소(接尾形態素) '－이' 와의 결합으로 '아비', '어미' 라는 지칭형(指稱形)이 생겼고 호격(呼格)의 접미형태소 '－아' 와의 결합으로 '아바', '어마' 라는 호칭형(呼稱形)이 생겼다고 하는 것이 통념으로 되어 있다. 그런데 문제는 '압' 과 '엄' 을 토대로 하여 파생한 현대어 '아버지' 와 '어머니' 가 각기 다른 접미형태소를 가지고 있는 점이다.

'아버지' 쪽을 따르면 '어머지' 라는 형태가 나올 법하고 '어머니' 쪽을 따르면 '아버니' 라는 형태가 나올 법한데 그런 형태가 없다는 사실이 흥미롭다. 이에 이르러 우리는 '지' 가 남성과 관련되고 '니' 가 여성과 관련되는 형태로 볼 수 있겠다는 추론을 얻게 된다. 현대어 '아저씨' 와 '아주머니' 의 경우도 '－지', '－니' 의 성별성(性別性)을 밑받침해 준다고 할 수 있다. 물론 '아주버니' 라는 특이형(特異形)이 있음도 기억해 두자.

또 하나의 의문은 어째서 '아비' 쪽은 '할아비, 한아비, 할 배, 할아버지' 로 되었고 '어미' 쪽은 '할미, 한어미, 할매, 할머니' 로 되어서 '할-' 다음에 대체로 '어' 를 빠뜨리고 있는가 하는 점이다. 이것 역시 남성쪽은 '아' 를 넣어 말함으로써 '어' 를 없앤 여성쪽과 형태상의 차이를 두드러지게 하려고 했다고는 볼 수 없을까? 이러한 사실을 통해서 낱말의 만들어짐과 쓰임이 한편으로는 자의적(恣意的)이고 무질서해 보이며, 다른 한편으로는 체계적이고 질서있게 진행된다는 점을 배우게 된다.

'어버이' 는 분명 '업' 과 '어ᅀᅵ' 의 결합 형태이다. '업' 이 '압' 과 짝을 이루는 이형태라면 '엄' 과 짝을 이루는 '암' 이라는 이형태도 있음직한데 그런 낱말은 발견되지 않는다. 또 '어ᅀᅵ' 는 부모 양성(兩性)을 함께 가리키는 낱말로 추정된다(思母曲을 기억해 보면 좋을 것이다). 그런데 아버지쪽의 의미가 강하게 드러나는 '어버이' 를 부모 양위(父母兩位)분을 가리키는 대표명사로 굳힌 까닭은 무엇인가? 나는 이 '어버이' 라는 낱말에서 가부장적(家父長的) 권위로 목에 힘을 주는 '아버지' 보다는 겸손스레 여필종부(女必從夫)의 미덕을 발휘하시는 '어머니' 의 모습을 연상한다.

'사과'와 '무궁화'

배꽃〔梨花〕을 노래한 시조(時調)는 있는데, 어째서 사과꽃을 노래한 시조는 없는 것일까? '사과' 란 말은 어디에서 왔으며 사과는 우리나라 사람들이 언제부터 먹기 시작했을까?

능금나무과에 속하는 것으로 알려진 이 사과는 야생 능금을 개량한 것이라 하는데, 십여 년 전까지만 해도 '홍옥(紅玉)', '국광(國光)' 같은 재래종밖에 모르던 우리나라 사람들이 요즈음엔 '부사', '골덴' 과 같은 개량종에 입맛을 들이고 있다. 이 '사과' 에 대한 최초의 기록은 아마도 남강만록(南岡漫綠)의 다음 일절(一節)이 아닐까 싶다.

〈사과의 모양은 능금과 같은데, 크기는 그 몇 배나 되고 맛이 담박하고 달며, 시거나 쓴맛이 엇다. 효종(孝宗)대왕 갑오 · 을미년간(1654~5)에 인평(麟坪)대군이 연경(燕京)에 사신(使臣)으로 갔다가 그 나무를 수레에 싣고 돌아왔다. 열매가 맺기를 기다려 진상(進上)하려 하였으나 무술년(1658)에 대군이 죽고 기해년(1659)에는 효종대왕께서도 승하하셨는데 그 다음 해인 경자년(1660)에 가서야 열매가 맺기 시작하였다. 인평대군의 여러 아들이 그 열매를 진상하니 현종(顯宗)께서는 혼전(魂殿)에 바쳐 차례를 지내도록 하였다. 이것이 이 과일의 유래이다. 사람들이 모두 맛보고자 하나 얻기가 쉽지 않았다. 오늘에 이르러서는 온 나라에 두루 퍼져있다. 사과(查果)라고도 하고 빙과(氷果)라고 한다.〉

(查果形如林檎 而大則數倍 且味淡甘 不帶酸澁氣. 孝廟甲午乙未年間麟坪大君使燕得其樹載車以還. 將待其結實而進之 戊戌大君卒 己亥孝廟賓天 至庚子始結實. 麟坪諸子獻之顯廟命薦于魂殿茶禮. 始此果之來也. 人皆思欲一嘗而不可得. 今則幾遍國矣 查果一名氷果)

이 기록에 따르면 우리나라에 사과가 들어와 퍼진 것은 겨우 삼백수십 년이다. 따라서 '사과' 라는 낱말도 중국으로부터 들어온 외래어임이 분명하다. 다산 정약용(茶山 丁若鏞)은 아언각비(雅言覺非)에서 다음과 같이 적고 있다.

〈내(奈)는 頻婆(빈파)인데 이것은 山櫻(산앵)을 뜻하는 것이기도 하다. 방언으로 내(奈)를 沙果(사과)라 하고, 山櫻(산앵)을 '벗' 이라 하는데, 이 말이 잘못 전하여 '멋' 이라고 한다.〉 (奈者蘋婆也 訓之爲山櫻. 方言奈曰沙果 山櫻曰벗 又訛爲멋)

이 기록은 앵도과에 속하는 '버찌' 를 '사과' 라 하고 있으니, 이것은 분명한 잘못이다. 한자어의 오용(誤用)을 개탄하며 한자어의 바른 사용을 위해 지은 아언각비(雅言覺非)에 스스로 실수를 범하고 있다. 앞에서 남강(南岡)이 빙과(氷果)라 한 것은 때로 그것을 蘋果(빈과)라고도 적기 때문이 아닐까 싶다. 그러면 '沙果' 가 본래 우리말이 아니요, 중국말임을 확인할 수 있는 근거는 어디에 있는가? 그것은 1690년에 간행된 것으로 추정되는 당시의 중국어 어휘집 역어유해(譯語類解)이다. 이 책 상권 식이편과실조(食餌篇果實條)에는 다음과 같이 적혀 있다.

〈沙果 사고, 사궈 ○——〉

'사고', '사궈' 는 각기 중국어의 속음(俗音)과 정음(正音)의 표기이고 ○ 다음에 ——는 沙果를 우리의 한자음대로 읽는다는 뜻이다. 원래는 중국음대로 발음하였을 것이지만 즉시

'沙果'의 우리말 한자음에 이끌려 '사과'라는 낱말이 보편화되었을 것이다.

이 '사과'의 경우처럼, 외래어의 본적(本籍)을 찾아내는 것도 어원 탐색의 중요한 분과(分科)의 하나이다. 우리나라 말에는 중국과의 오랜 문화적 교섭의 결과, 중국어로부터 들어온 차용어(借用語)들은 한자로 적히고 우리말 한자음으로 읽히기 때문에 중국어라는 느낌을 주지 않는 수가 있다.

무궁화는 오늘날 의젓하게 무궁화(無窮花)로 적으면서 우리 민족의 영원성(永遠性)을 표상하는 방편이 되고 있지만 사실에 있어서는 '목근화(木槿花)'라는 중국어에 기원을 두고 있는 낱말이다. 역시 역어유해(譯語類解) 하권 화초편(花草篇)에 다음과 같이 적혀 있다.

〈木槿花 무긴화, 뭉긴화 ○ 무궁화〉

木槿花의 중국음 '무긴화'가 '無窮'이라는 한자에 부회(附會)되면서 민족의 염원을 투영(投影)하고 있으니 나쁘다고는 할 수 없으나 흔히 木槿花는 변천무상(變遷無常)을 나타내는 데 쓰이던 꽃나무인 줄을 아는 이 몇이나 될 것인가. 백거이(白居易)는 다음과 같이 노래하였다.

소나무도 천년이면 마침내 썩고

(松樹千年終是朽)

무궁화는 하루 만에 영화를 마치네.

(槿花一日自成榮)

숨바꼭질과 수수께끼

'꼭꼭 숨어라 머리카락 보인다.' 중학교에 들어간 언니는 꼬마들 놀이에 감독관이 되어 이렇게 소리치면 타작마당 한 구석 노적가리에 둘러섰던 동네 꼬마들이 술래를 남겨놓고 숨을 곳을 찾아 달아났다. 한 아이는 옆집 울바자 안으로 뛰어들어 장독대 아래로 엎드렸고, 또 한 아이는 굴뚝 뒤로 사라졌다. 다른 아이들은 웃뜸의 정자나무를 향해 뛰어가고 있다. 술래는 제자리에서 감았던 눈을 뜨고 노적가리 둘레를 빙빙돌며 동무들이 숨었을 만한 장소에 눈길을 모은다.

우리들은 예닐곱 살 어린 시절, 동네 골목에서 즐기던 이 술래잡기 놀이의 추억을 간직하고 있다. 그러면 '술래잡기' 라는 말, 그리고 같은 뜻의 '숨바꼭질' 이란 말은 어떻게 생긴 것일까?

'술래'는 조선왕조시대의 '순라군(巡羅軍)'이라는 낱말에서 온 것이다. 오늘날의 방범대원의 일을 하던 군사들이니, 정확히 말하면 도성(都城) 안의 순찰 경비병이라고나 할까? '술래잡기'는 그러니까 '순라군의 도둑잡기'라는 말의 준말인 셈이다.

'숨바꼭질'은 사전을 찾아보면 두 개의 뜻이 적혀 있다. 하나는 '술래잡기'의 뜻이고, 다른 하나는 '헤엄칠 때에 물속으로 숨는 짓'이라고 하였으니 '潛泳 涵泳'의 뜻이다. 원래는 잠영(潛泳)의 뜻뿐이었으나 그 행위가 물속에 들어가 떴다 잠겼다 하므로 숨었다〔隱〕나타난다〔現〕하는 숨기 행위에 결부되어 '술래잡기'의 뜻을 가지게 된 것이라고 짐작된다.

16세기 초에 간행된 것으로 보이는 박통사언해(朴通事諺解) 초간본(初刊本)에는 '숨막질'이 보이고, 18세기 간행의 물보(物譜)에는 '숨박질(迷藏)'이 보인다. '숨막질'은 현대어의 '(무)자막질, (무)자맥질'과 관련되는 낱말이다. '숨막질'이 '숨박질'로 바뀐 것은 음운론적(音韻論的) 현상으로는 설명되지 않는다. '뛰-박-질', '곤두-박-질' 같은 낱말에 이끌리어 '숨박질' 로 되었는지 알 수 없다. 그것이 다시 20세기에 들어와 '숨바꼭질' 이 되었다. '숨기(潛行 · 隱身)' 와 '숨(呼吸)+바꿈(交替)' 의 의미를 모두 연상시킬 수 있다는 이유가 작용하지 않았나 싶다. 이때에 '딸꼭질' 의 '-꼭질' 을 생각할 수도 있겠다. 그러나 '딸꼭질' 이 아무리 들숨(吸)과 날숨(呼)에 관계된다 할지라도 '딸꼭' 은 의성어(擬聲語)이므로 '숨-박-질' 이 '뜀-박-질' 에 영향받은 것과 같은 차원에서 논의할 수는 없다.

'수수께끼란 낱말은 어떤가? 오늘날 이 낱말은 이미 지난날의 지능계발과 사고력 증진의 역할을 상실하고 풍자(諷刺)와 야유(揶揄)의 언어유희쪽으로 기울어 버렸다. 현대에는 시시한 말놀이쯤으로 지능을 발달시켜야 할 만큼 어리석은 사람이 없어졌기 때문일까, 아니면 풍자를 통해서만 지능을 나타낼 수 있는 세상이 되어 버렸기 때문일까?

'수수께끼' 의 사회적 기능이 이렇게 변화된 것처럼, '수수께끼' 라는 낱말의 형태도 시대에 따라 변화를 거듭하였다. 17세기 후반에 간행된 박통사언해(朴通事諺解) 초간본(初刊本)에 '내 여러 슈지엣말 니롤 거시니(我說幾箇謎)' 라고 하는 구절에서 '슈지엣말' 이라는 낱말이 처음 나타난다. 그

후 약 백 년쯤 뒤에 간행된 물명고(物名考)와 물보(物譜)에는 '슈지겻기(謎謎)' 라는 말로 바뀌어 나타난다. 그리고 또 백 년쯤 지난 19세기 말엽부터는 '수수께끼' 라는 낱말이 쓰이고 있다. '겻기' 는 15세기에 '겨루다, 경쟁하다' 의 뜻으로 쓰인 '겻고다, 겻구나' 의 명사형이다. 따라서 '겻기' 가 선행(先行)하는 낱말 다음에 붙은 사이시옷과 ㅣ모음 역행동화의 결과, '께끼' 로 된 것은 쉽게 짐작할 수 있는 일이다. 그러나 최초의 형태 '슈지엣말' 과 두 번째 형태 '슈지겻기' 에서 슈지가 무엇인가를 추정한다는 것은 그리 쉬운 문제가 아니다. '- 엣말' 이 뒤따르는 것으로 보아 명사임에는 틀림없다. 그러나 또한 그것이 한자어일 가능성이 높다. 한자어일 경우 그것은 중국어 발음이 반영된 외래어인가, 아니면 한국 한자음으로 바뀐 것인가를 문제삼아야 한다. 외래어라면 '誰知' 나 '須知' 정도를 추정할 수 있고, 한국 한자어라면 '手指' 같은 것도 추정할 수 있다. 만일 '手指엣말' 이라면 농아자(聾啞者)의 '수화(手話)' 를 뜻할 수도 있다. 그러나 아직까지 '슈지' 가 무엇인지를 분명하게 밝히는 문증(文證)이 없다. 다만 '슈지겻기' 에 해당하는 근세 중국어 '야미(亞謎, 啞謎)' 는 은어(隱語)를 뜻하므로 '隱語, 手話, 謎語' 가 모두 의미론적(意味論的)으로는 쉽게 알아들을 수 없는 말, 곧 비밀탐색(秘密探索)의 경지가 공통으로 들어 있음을 확인할 뿐이다.

그 '슈지' 가 다시 '수수' 로 바뀐 것은 역시 음운론의 범위를 넘어서는 것이니, 이 문제는 다른 쪽에서 해결의 실마리를 찾으라는 또 하나의 수수께끼가 아닌가.

천재 소년 '밝은 누리'

아기가 태어나면 이름을 짓는다. 대체로 그 이름에는 그 아기의 미래(未來)가 설계되어 있다. 앞으로 한 세상을 어떻게 살아갔으면 좋겠다는 부모의 희망사항이 그 이름 속에 스며 있는 것이다.

이름이 잊혀진 역사상의 인물인 경우에는 그 사람의 과거(過去)가 반영되어 있다. 삼국사기(三國史記) 열전(列傳)에는 겨우 50명의 인물을 소개하고 있는데, 그중에 효녀 지은(知恩)의 이야기가 들어 있다. 일찍 아버지를 여의고 나이 서른이 넘도록 시집도 가지 않으면서 어머니를 효성스럽게 봉양한 한 여인의 이야기이다. 이런 여인이 신라에 한둘이 아니었겠지만 유독 '지은' 이란 여인 하나가 소개되어 있다. 그런데 그 이름 '지은' 은 그 여인의 진짜 이름이 아닐 가능성이 높다. 부모의 은혜를 효성으로 보답할 줄 알았다는 뜻으로 후세의 사람이 '알 지(知)' 와 '은혜 은(恩)' 자를 붙여 이름을 삼은 것이 아닐까?

천수대비가(千手大悲歌)라는 향가의 작자로 알려진 신라의 여인 희명(希明)의 경우도 마찬가지다. 그녀가 어린 자식의 실명(失名)을 안타깝게 여겨 분황사 좌전 북벽에 그려져 있는 관세음보살을 찾아가 아이를 시켜 자기가 지은 노래를 부르게 하지 않았다면 그의 이름은 후세에 전해지지 않았을 것이다. 그런데 그 이름이 '바랄 희(希)' 자와 '밝을 명(明)' 자이니, 결국 어린 자식이 밝은 세상 보고 살기를 바란다는 그녀의 염원을 나타내고 있는 것이다. 이 역시 원래에는 이름이 전해지지 않은 여인이었으나 역사가의 붓끝에서 그런 이름이 생긴 것이라고 보아야 한다.

신라 사람으로 태어나서 처음으로 분명한 자기 이름을 가졌던 이는 신라 시조 박혁거세(朴赫居世)일 것이다. 그가 어떻게 임금의 자리에 올라갔는지를 삼국유사(三國遺事)에서는 다음과 같이 적고 있다.

전한(前漢) 지절(地節) 원년(기원전 69년) 임자(壬子) 삼월 초하루에 여섯 마을의 어른들이 각기 집안 아이들을 거느리고 알천(閼川)의 언덕 위에 모여서 의논하였다.

"우리는 위로 백성을 다스릴 어른이 없으므로 백성들이 모두 마음이 허랑하여 제멋대로 행동하니 덕 있는 사람을 찾아 임금으로 모시어 나라를 세우고 도읍을 정하면 어떠하겠는가?"

그리고 높은 곳에 올라 남쪽을 바라보니 마침 양산(揚山) 밑 나정(羅井) 곁에 이상스러운 기운이 번개 빛과 같이 땅에 비치더니 거기에 흰 말 한 마리가 꿇어앉아 절하는 형상을 하고 있었다. 모두들 그곳을 찾아가 보니 붉은 알이 하나 있는데, 말은 사람을 보고 크게 울다가 하늘로 올라가 버렸다. 그 알을 깨어 보니 용모가 단정하고 잘생긴 어린아이가 나왔다. 놀랍고도 이상스러워 그 아이를 동쪽 샘물에 데리고 가서 목욕을 시켰더니 몸에서 광채가 나고 새와 짐승이 따라와 춤추며 천지가 진동하고 해와 달이 청명해지는 이변이 일어났다. 그래서 그를 혁거세(赫居世) 왕이라 하여 받들어 모셨다. 그런데 이 혁거세(赫居世)는 신라 말이다. 혹은 불구내(弗矩內) 왕이라고도 하니 '밝게 세상을 다스린다(光明理世).' 는 뜻이다.

한자로 적힌 옛날 이름은 대개 두 가지 방식을 택하고 있다. 하나는 뜻 적기 방식이요, 또 하나는 소리 적기 방식이다. '밝을 혁(赫)', '있을 거(居)', '누리 세(世)'의 석 자는 뜻 적기 방식으로 쓴 것이니 '혁거세'라 읽을 것이 아니라 '밝음이 있을 누리'라고 읽어야 할 것이요(居의 뜻적기 풀이는 의문점이 없지 않다), 그것이 소리 적기 방식의 '불구내'와 결국 같은 발음을 나타낸 것이라고 보아야 한다.

오늘날 우리는 한자를 뜻적기에 따라 읽는 전통을 잃어버렸다. 그래서 열세 살에 여섯 마을 촌장의 추대를 받아 임금의 자리에 나아간 천재 소년 '밝은 누리'는 엉뚱한 발음 '혁거세'로 후손들에게 불려지고 있다. '박(朴)'이라는 성씨(姓氏)도 '밝은 누리의' 첫 자 '밝'을 소리 적기 방식으로 나타낸 글자라고 보아야 한다. 그렇다면 박(朴)과 혁(赫)은 결국 같은 글자를 두 번 쓴 셈이다.

어쨌거나 여섯 마을 어른들은 천재 소년 한 명을 잘 발탁하여 '밝은 누리' 천 년의 역사를 시작했었다. 요즈음 새 시대를 열어가는 우리들처럼.

'뒤안'의 뒤안길

한국에서 고등학교를 졸업한 사람이라면 미당(未堂) 서정주(徐廷柱)의 '국화 옆에서'를 모르지는 않으리라. 그리고 완벽하게 암송하지는 못해도 몇 구절 흥얼거릴 수는 있으리라.

한 송이 국화꽃을 피우기 위해
봄부터 소쩍새는
그렇게 울었나 보다.

한 송이 국화꽃을 피우기 위해
천둥은 먹구름 속에서
또 그렇게 울었나 보다.

그립고 아쉬움에 가슴 조이던
머언 먼 젊음의 뒤안길에서
이제는 돌아와 거울 앞에 선
내 누님같이 생긴 꽃이여.

노오란 네 꽃잎이 피려고
간밤엔 무서리가 저리 내리고
내게는 잠도 오지 않았나 보다.

이 시에서 우리의 상상력을 자극하는 황홀한 싯귀 한 줄을 뽑아 보라면 대개는 대뜸 '머언 먼 젊음의 뒤안길에서'를 지적할 것이다. 그러나 이 구절에 나오는 '뒤안' 이란 낱말을 깊이있게 이해하려는 사람은 많지 않을 것이다.

그것은 표준어로 쓰이는 '뒤란' 도 아니요, '뒤곁' 도 아니다. 별로 정취를 풍기지 않는 낱말 '뒤뜰' 은 더욱이나 아니다. 그것은 일차적으로는 '뒷동산' 이라는 공간개념을 뜻하는 것이라 할 수 있으리라. 그러나 단순한 뒷동산이 아니라 그 뒷동산에서 느끼고 생각했던 지나간 시절이 함께 숨쉬는 공간이다. 이제는 이미 과거가 되어버린 공간이요 시절이기는 하지만 어쩌면 현재의 의식(意識) 속에 침전(沈澱)되어 지금의 삶에 방향타(方向舵) 노릇을 하는 슬기의 공간인지도 모른다. 그것은 애초에 철없음과 당돌함, 우쭐댐과 홍겨움을 동반하고 있었으나 결국 몇 번인가 벼랑을 굴러 떨어지는 경험을 거친 끝에 자신의 부끄러움을 진솔하게 드러내 보일 만큼 성숙한 자태와 회오(悔悟)의 능력을 바닥에 감추고 있는 의식의 공간이다. 그래서 그 '젊음의 뒤안길' 은 이제 '늙음의 뒤안길' 로 자리바꿈을 하면서 시인으로 하여금 국화꽃이 피는 내력과 곱게 늙어가시는 누님의 아름다움이 어떻게 동질적인가를 노래하게 하였다.

이처럼 뜻풀이에 까다로운 '뒤안' 이란 낱말은 그 생긴 내력이 또한 간단하지가 않다. 16세기 두시언해(杜詩諺解)에 이 낱말이 처음 선보일 때에는 ㅎ끝소리를 갖고 있는 '위안ㅎ' 이었다.

> 어버ᅀᅵᆯ 이바도ᄃᆡ 오직 져고맛 위한ᄒᆞ로 ᄒᆞᄂᆞᆺ다(養親唯小園)
>
> 어버이를 봉양함에 오직 작은 동산으로 농사를 지었네.(杜詩諺解 21 : 33)

이 예를 보면 '위안' 은 동산을 뜻한다기보다는 농사를 짓는 전장(田莊)을 뜻하는 것이었다. 물론 경관(景觀)이 좋은 정원(庭園)을 뜻하는 경우도 있었다.

일훔난 위안훈 프른 므를 브텟고(名園依綠水)

이름이 알려진 동산은 푸른물 구비도는 옆에 자리하였고

(杜詩諺解 15 : 7)

그런데 이 '위안' 은 원래 한자(漢字)인 '동산 원(園)' 자를 가리키는 중국음이므로 말하자면 중국어에서 차용한 외래어인 셈이었다. 이 '위안' 이 그 후 얼마 안 되는 사이에 '뒤안' 으로 바뀐다.

1527년에 간행된 훈몽자회(訓蒙字會)에는 두시언해에 나타난 바와 같이 '위안' 이었으나 그 뒤, 1575년에 간행된 것으로 보이는 광주천자문(光州千字文)에는 '위원' 이라 적혀 있다. '園' 의 한국 한자음을 반영시킨 결과이다. 그러다가 17세기에 간행된 신증유합(新增類合)에 가서야 비로소 '뒤안' 이란 낱말이 보인다.

동산은 대체로 집의 뒤쪽에 있으니까 '후원(後園)' 이란 뜻을 밝히기 위하여 '뒤' 와 '위안' 을 결합하여 '뒤안' 이란 복합어를 만들어낸 것이라고 생각된다. '위안' 이란 순수 외래어를 어떻게 하면 우리말답게 다듬을 것인가를 고민했던 우리 조상의 슬기가 노오란 국화의 향기처럼 퍼진다고는 생각하지 않는가?

사랑의 묘약妙藥 '상화떡'

남녀가 서로 즐겨 부드는 노래라 하여 조선왕조의 점잖은 선비들에게 푸대접을 받은 고려속요들은, 가만히 생각해보면, 인간의 마음속에 굽이굽이 감추어져 있는 감정의 가닥들을 진솔하게 드러내 보인다는 점에서 현대인들에게는 오히려 아름다운 사랑의 노래로 재평가 받는다. 그러한 고려속요에 '쌍화점(雙花店)' 이란 노래가 있다 그 첫째 연은 다음과 같다.

> 쌍화점에 쌍화(雙花) 사러 가고신댄
> 회회(回回)아비 내 손목을 쥐여이다
> 이 말씀이 이 점(店) 밖에 나명 들명

다로러거디러
조고맛감 새끼 광대 네 말이라 호리라.
더러둥셩 다리러디러 다리러디러
다로러거디러 다로러
그 자리에 나도 자라 가리라.
위위 다로러거디러 다로러
그 잔데같이 덤거츠니 없다.

이 노래는 갑 · 을 두 명의 여인이 주고받는 대화의 형식 속에 악기로 연주할 때에 묘사음으로 추정되는 후렴구들이 삽입되어 있다.

먼저 갑 여인이 말한다.

"쌍화점에 쌍화를 사러 갔더니, 회회아비가 은근히 내 손목을 잡았습니다. 이 소문이 가게 안팎으로 나고 들고 하였지요. 가게를 드나들던 조그마한 꼬마 광대의 소행임이 분명합니다."

이 여인은 마치 자기의 행위는 조금도 탓할 것이 없는데 짓궂은 꼬마 광대의 입놀림으로 억울하게 나쁜 소문이 난 것이라고 짐짓 발뺌을 한다. 이러한 발뺌을 통하여 스스로 자기 행위의 떳떳함과 자랑스러움을 나타내려 한다.

그러자 을 여인이 응수한다.

"그 밀회의 장소에 나도 가고 싶군요. 그런 곳처럼 축복받은 곳이 또 있을라구요?"

나쁜 소문을 비난하고 흉보는 것이 아니라 자기도 동참하고 싶다는 부러움을 고백하고 나선다. 이런 정도로 애정 표현이 노골적이고 적극적이었으니 점잖은 선비들이 눈살을 찌푸렸을 법도 하다.

이쯤하여 우리의 관심을 낱말 **쌍화**로 옮겨 보자. 이 노래가 처음 수록된 악장가사(樂章歌詞)에 **雙솽花화**라 적혀 있고, 또 다른 문헌에는 **상화**(霜花)라고도 적혀 있으니 오늘날 '쌍화'라 발음하는 것은 분명 잘못된 것이다. '상화'라고 적고 또 그렇게 발음해야 옳다.

그러면 그 **상화**는 무엇인가? 18세기 중엽 영조(英祖) 시대에 빙허각(憑虛閣) 이(李)씨라는 분이 저술한 규합총서(閨閤叢書)는 책 제목 그대로 여성백과사전서라 할 수 있는 것인데, 바로 그 책의 병과제품(餠菓諸品) 난에는 **상화** 만드는 방법이 자세하게 적혀 있다. 국어대사전에 현대어로 풀이한 바를 따라 옮겨 적는다.

〈칠석(七夕)날 절사(節祀)에 쓰는 떡. 밀기울에 막걸리를 타서 쑨 죽에 가루 누룩을 넣어 하룻밤을 지낸 다음, 이것을 걸러 밀가루를 넣고 반죽해서 잰 뒤에 꿀팥 소를 넣고 다시 재어서 물에 담가, 거기서 뜨는 것을 건져서 시루에 쪄 냄.〉

고려시대에 사랑하는 남녀들이 즐겨 먹었을 이 상화떡은 조선왕조시대에 오면 칠석날의 제사 음식이 되었음을 알겠다. 상화점의 상화도 남녀의 인연을 맺게 한 사랑의 떡이었고, 칠석도 사랑하는 남녀의 재회를 상징하는 명절이니 상화떡이 남녀 간의 애정을 다지는 데 공헌하는 것은 천 년을 변치 않는 전통이었다.

그런데 요즈음엔 상화떡을 볼 수가 없다. 그 만드는 법을 보면 꿀팥 소(요즈음 젊은이들은 일본말 '앙꼬'라고 해야 더 잘 알아 듣는다.)를 넣은 밀가루 증편이라고 할 수 있다.

나는 이 상화떡이 전통문화의 계승과 재현이라는 관점에서 다시 세상에 인기를 얻었으면 어떨까 생각해 본다. 그리하여 모든 젊은이들이 이 상화떡을 나누어 먹고 인생의 아름다움을 노래하게 하였으면 좋겠다. 아마도 실연(失戀)의 고통에서 신음하는 젊은이들은 이 상화떡을 먹으면 칠석님의 축복을 받아 새로운 인생을 활기차게 시작할 수도 있을 것이다. '상화'는 원래 천 년의 전통을 지닌 사랑의 묘약(妙藥)이기에.

몰록 깨달음頓悟과 점점 닦음漸修

나이가 들어간다는 것은 무엇일까? 학교 졸업하고, 취직하고, 결혼하고, 그러다가 첫아이 돌잔치 차리고, 과장에서 부장, 부장에서 이사로 승진하고, 또 어느 틈에 돌잔치해 준 아이가 결혼을 하게 되어 청첩장을 돌리는 일을 가리키는 것은 아닐 것이다. 세월의 흐름을 따라 인생살이에서 겪게 되는 여러 가지 행사는 분명 나이 들어감을 알리는 외형상의 변화이다. 이 변화에 곁들여 얼굴에는 잔주름이 늘고 머리터럭은 희끗희끗 세어간다. 그리고 얼굴 표정은 점점 편안하고 온화해진다. 천성으로 타고난 음성이 아무리 탁하고 거칠어도 시간이 쌓아 놓은 경륜과 슬기로 말미암아 그 음성은 어느 틈에 정감이 뚝뚝 흐르게 된다. 그러니까 나이 들어간다는 것은 결국 말씨가 아름다워지는 것이라 할 수 있겠다.

해마다 초여름 한철이면 새벽잠을 깨우는 뻐꾸기 울음을 들을 때, 삼복중 무더위에 매미 울음을 들을 때, 그리고 서늘한 바람이 모시 적삼 깃섶을 말리는 초가을 저녁에 문득 귀뚜라미 소리를 들을 때, 우리는 그저 또 한 계절이 지나갔다는 세월의 무상을 느낄 뿐만 아니라, 저들 미물(微物)도 지나간 세월을 딛고 일어서며 크게 깨쳤음을 알리는 오도송(悟道頌)을 노래하는 것이라고 생각한다.

우리들도 삶의 굽이마다 크고 작은 깨달음의 노래를 부른다. 어떤 이는 뻐꾸기 울음과 함께 깨닫고, 어떤 이는 노염(老炎)의 나무 그늘에서 매미의 울음과 더불어 세상 바라보는 눈을 바꾼다. 또 어떤 이는 굼뜨게도 겨울밤 문풍지 우는 소리에야 화들짝 놀라 일어나 앉아서 눈을 꿈벅이며 지나간 세월을 되짚어 헤아린다. 살아온 길이 다르고 인연이 다르니 사람마다 깨달음의 때와 장소와 방식이 다르다.

일찍이 보조국사(普照國師) 지눌(知訥) 스님은 이와 같은 삶의 깨달음(悟)이 닦음(修)과 짝을 이루어야 함을 주장했다. 이른바 돈오점수(頓悟漸修)의 이론이다. 그러면 '돈오(頓悟)'

를 쉬운 우리말로는 무엇이라 하는가? '돈(頓)' 이란 글자는 '갑자기, 홀연히' 라는 뜻과 '한꺼번에, 모두다' 라는 두 가지 뜻을 지니고 있다. 앞의 것은 '문득', 뒤의 것은 '몰속' 이라는 낱말로 나타낼 수 있다. 그런데 지눌스님의 책, 목우자수심결(牧牛子修心訣) 언해본에는 '돈오' 를 '문득 아롬' 이라 풀이하고 있다. 이렇게 되면 '한꺼번에, 모두 다' 라는 의미는 빠져 버린다. 그래서 불가에서는 이 언해본 풀이에 만족하지 않고, 두 가지 뜻을 모두 나타내는 알맞은 표현을 탐색하여 온 듯싶다. 최근에 간행된 김탄허(金呑虛) 스님의 보조법어(普照法語) 역해본에는 다음과 같은 구절이 보이기 때문이다.

"묻되, 네가 돈오(頓悟)와 점수(漸修)의 두 문(門)이 천성(千聖)의 궤철(軌轍)이라 말씀하시니 깨달음이 이미 몰록 깨달음일진댄 어찌 점수(漸修)를 가차(假借)하며, 닦음이 만일 점점 닦음일진댄 어찌 돈오(頓悟)라 말하리오."

여기에서 우리는 '몰록' 이라는, 사전에도 없는 낱말 하나를 발견한다. 아마도 이 낱말은 '몰속' 과 '문득' 의 두 가지 뜻을 모두 나타내기 위하여 불가에서 꽤 오래전부터 통용하여 온 것인 듯싶다. 이렇듯 불가에서는 범상하게 쓰이던 낱말이 지눌을 모르는 세상 사람들, 국어를 공부하는 사람들에게도 알려지지 않다가 그야말로 '몰록' 세상에 나타난 것이다.

그러나 '쉬임없는 닦음'이 없다면 '몰록 깨달음'이란 결코 일어나지 않는다 하였다. 삶의 굽이마다 우리가 헤쳐 온 격랑(激浪)이 얼마나 거칠고 높았는지를 아는 사람들은 어느 날 자기도 모르게 '몰록 깨달음'을 얻고, 그것이 참으로 '몰록' 찾아왔음을 기뻐하지만, 그의 굵은 손마디, 이마에 패인 깊은 주름살은 그것이 결코 '몰록' 찾아온 것이 아님을 증명한다. 적어도 두보(杜甫)의 다음 시 구절을 기억하며 나이 들어 자기 나름의 오도송(悟道頌)을 읊고자 애쓰는 사람들에게는.

"잠깰 무렵 새벽 종소리를 듣노라니
사람으로 하여금 깊은 반성하게 하네.
欲覺聞晨鍾(욕교문신종)
令人發深省(영인발심성)"

남대문南大門과 마큰오래

'눈·코·입·귀' 같은 고유어는 '이목구비(耳目口鼻)' 라는 한자어보다 더 많이 쓰이고 알아듣기도 쉽다. 그런데 '사내·계집' 같은 고유어는 '남자(男子)·여자(女子)' 보다 알아듣기는 쉬운지 모르겠으나 속된 느낌이 들어 자주 쓰이지는 않는다. 이렇듯 우리말에서 고유어와 한자어는 쓰임새와 느낌이 각기 다른 채, 우리말 어휘의 이중구조를 이루고 있다.

그러나 어떤 낱말은 오랫동안 한자어 쪽만을 즐겨 쓴 결과, 고유어를 잃어버리고 말았다. 그 대표적인 경우가 '문(門)' 이라는 낱말이다. 가옥(家屋)은 '집' 이요, 대청(大廳)은 '마루' 인데 문(門)은 짝이 되는 고유어가 없다. 이때 생각나는 분이 계신다. 1923년 '조선어문경위(朝鮮語文經緯)' 라는 자그마한 책을 펴내신 권덕규(權悳奎) 선생이시다.

애류(崖溜) 권덕규 선생은 1890년에 태어나시어 1950년 6·25가 나던 해에 집을 나가신 후 실종되셨으니 세상을 누린 햇수가 육순(六旬)이었다.

세상에 거칠 것이 없이 살아간 분이 한둘일까마는 근세의 선비로 애류 선생만큼 융통무애(融通無碍), 바람처럼 사신 분은 다시 없을 것이다. 돈을 손에 쥐지 않는다는 것이 조선조 양반들의 규범이라면, 돈이 손에 들어왔을 때 기분좋게 날려버리는 것은 애류 선생이 세워 놓은 식민지 지식인의 규범이었다. 북촌(北村)에 기거하시던 집을 팔고 나서 그 돈을 저고리 안주머니에 넣어 두고 요습사습 술값으로 날려버린 날, 취기(醉氣)로 바뀌어 사라진 집을 향하여

"네 이놈! 지금까지는 내가 네 속에서 살았다마는 이제부터는 네가 내 속에서 살아야 하느니라" 하며 호통을 쳤다는 얘기는 일제치하의 질식할 것 같은 시대 분위기에서 뜻있는 지식인들에게 끝없는 해방감(解放感)과 청량감(清凉感)을 선사한 사건으로 오늘날까지 진정으로 자유로운 지식인의 신화가 되어 전해 내려오고 있다. 몇 푼 돈에 팔려 배운 바를 왜곡하여 권세에 아첨하기를 애쓰는 오늘의 인물을 보면 애

류 선생은 무어라고 눈을 부릅떠 호통을 칠지 모를 일이다.

선생은 「조선유기(朝鮮留記)」, 「을지문덕(乙支文德)」같은 책을 쓰셨으니 국사학자라고도 할 수 있으나, 주시경(周時經) 선생의 가르침을 따라 우리말 연구에 더 많은 정열을 쏟으셨으므로 국어학자로서의 비중이 더 크다 하겠다. 즉 1921년 조선어연구회의 창립에 힘썼고, 우리말 큰사전의 편찬, 한글 맞춤법 통일안의 작성 등에 기둥 노릇을 하였다. 그리고 「조선어문경위」라는 책을 남기셨다.

이 책은 국판 202면에 불과한 얇은 것이지만 선생의 번득이는 탁견(卓見)과 몇 가지 고귀한 우리말 자료로 말미암아 국어를 사랑하는 사람들이 아껴 마지않는 보물이 되었다. 바로 이 책에 '문(門)' 이란 낱말의 고유어가 밝혀지고 있다. 51면에 있는 다음과 같은 한 줄의 글귀.

오래뜰 : 오래와 뜰 門庭.

여기에서 우리는 '문(門)' 의 고유어가 '오래' 였음을 확인한다. 물론 국어학도들은 '문(門)' 의 고유어가 '오래' 라는 것을 잘 알고 있다. 최세진(崔世珍)의 훈몽자회(訓蒙字會)에 '오랜 문(門)' 이라 적혀 있고, 소학언해(小學諺解)에도 '문 오래며 과실 남글(門巷果木)' 이란 구절이 있기 때문이다.

그러나 '오래' 라는 낱말이 16세기를 고비로 하여 사라진 말이거니 하였는데, 애류 선생이 1923년에 펴내신 책에 '오래뜰' 이란 낱말을 밝혀 놓음으로써 그 낱말이 20세기 초엽에도 여전히 살아 있었음을 증명한 것이다.

아주 옛날 가야말로 문(門)을 '돌' 이라 했다는 「삼국사기(三國史記)」의 기록도 이 기회에 알아둘 필요가 있다.

"전단돌(栴檀梁), 이것은 성문(城門)의 이름이다. 가야말로 문(門)을 돌(梁)이라 한다." '노들나루' 를 노량진(鷺梁津)이라 하고 '울돌목' 을 명량(鳴梁)이라 하므로 '량(梁)' 이란 한자는 '돌' 로 읽히는 것임)

자, 그러면 '동대문(東大門)' 이니 '남대문(南大門)' 이니 할 것이 아니라 '새큰돌, 새큰오래', '마큰돌, 마큰오래' 로 부르면 어떨까? 나는 숭례문(崇禮門)을 지나칠 때마다 '마큰오래' 를 입속으로 조용히 불러보곤 한다.

'염천교'의 내력

하루가 다르게 변모하는 서울 거리를 거닐다 보면 십여 년 전 아담하던 단층 기와집 자리에 으리으리한 수십 층 빌딩이 버티고 서 있음을 보게 된다. 그래서 문득 이십 년 전이나 삼십 년 전, 아니 한 백 년쯤 전에는 이 자리에 무엇이 있었을까 하는 회상의 나래를 펼치게 된다. 내가 지금 이 글을 쓰고 있는 우리 집터만 해도 몇 해 전 북한산 기슭을 깎아내어 집을 지은 곳이고 보면, 백 년 전 이 자리는 소나무나 떡갈나무가 무성하던 수풀이요, 까치와 다람쥐들의 삶의 터전으로서 세검정(洗劍亭)과 어울려 운치를 돋구던 풍광(風光) 좋은 산자락이 아니었던가.

'상전벽해(桑田碧海)' 라는 말이 있다. 땅덩어리가 생긴 이래 수억만 년에 걸쳐 바다가 산이 되고, 산이 또 바다로 바뀐 지질학적 연륜을 뜻할 수도 있겠고, 개발과 재개발과 또 재개발을 거듭하는 동안 글자 그대로 뽕밭을 푸른 바다로 바꾼 인간의 삽질을 뜻할 수도 있겠다. 그러나 말을 공부하는 사람들에게는 '상전(桑田)' 이라는 말이 엉뚱하게 '벽해(碧海)' 라는 말로 둔갑을 하는 현상을 비유하는 말로 삼을 수도 있다.

다음은 말소리가 엉뚱한 변천을 겪은 상전벽해의 실례(實例) 한 토막.

남대문에서 서쪽으로 뻗은 길을 따라 중림동으로 가노라면 서울역에서 서대문쪽으로 난 의주로(義州路)와 만나게 되고, 또 그 길과 나란히 뻗은 경의선(京義線) 철길 위에 있는 '염천교(鹽川橋)' 라는 다리를 건너가게 된다. 우리는 이 '염천교' 라는 다리를 건널 적마다 혹시 이 근처에 '소금내' 라는 시냇물이 있지 않았나 하는 생각을 갖는다. 서울에는 '모래내' 라는 곳도 있는 데다가, '염천교' 라는 한자에 '소금 염(鹽)' 자와 '내 천(川)' 자가 있기 때문이다.

그러나 그 근처에는 개울이라 한 만한 것이 있었을 것 같지가 않으니 분명 '염천교' 라는 이름에는 모종의 흑막이 있으리라는 생각을 떨쳐버릴 수가 없다.

아니나 다를까, 조선왕조 시절의 한양성 지도를 펼쳐 보니 남대문 서녘으로 바로 그 염천교 어름에 염초청(焰硝廳)이란 관아(官衙)가 있었음을 발견하게 되었다. 염초청이라 하면 경판본 춘향전에 나오는 방자놈의 심경을 묘사하는 구절을 연상하게 된다.

"방자놈 마음이 염초청 굴뚝이요, 호두각 대청이라."

하는 구절이 바로 그것이다. 여기서는 무언가를 바라는 마음이 간절하다는 비유의 뜻이거니와 '염초청' 이란 도대체 무엇인가?

그것은 조선조 후기에 훈련도감(訓練都監) 관장하에 있었던 화약(火藥)공장의 이름이다. 세월이 무상하여 그 화약공장 '염초청' 은 흔적도 없어졌으나 그 이름만은 세상 사람들의 입에 오르내리더니 마침 그 언저리에 육교(陸橋)가 생기매 사람들이 그저 옛날 이름을 붙여 '염초청다리' 라 하였을 것이다. 물론 그 육교는 경의선 철로 때문에 생긴 것이므로 그 철도가 완성된 1906년보다 한두 해쯤 일찍 만들어졌을 듯싶다.

그런데 문자 쓰기 좋아하는 사람들은 '무슨 교(橋)' 라는 두 음절 한자 이름을 붙여야 직성이 풀릴 판이었다.

그래서 '초' 자 하나를 빼고 '염청교(焔廳橋)' 라 부르기도 하였을 터인데, 이것은 또 세월이 흘러 '염초청' 의 존재를 모르는 사람들에게는 '염청' 이라는 말이 전혀 이해할 수 없는 낱말이 되고 말았다.

'다리' 라 하면 당연히 냇물 위를 건너는 것이니 '염청' 의 '청' 은 분명코 '내 천(川)' 자를 잘못 발음하는 것이라고 생각하였을 법하다. 그러고 보니 '염' 자는 쉽게 연상되는 '소금 염(鹽)' 자를 붙이게 되었다.

이것이 '염천교' 라는 다리 이름의 내력이다. 상전벽해라더니 '염초청다리' 가 '소금내다리' 로 둔갑을 한 셈이다.

오늘도 나는 염천교 다리 위에서 북향을 하여 인왕산을 바라보다가 돌아왔다. 다리 아래로는 아담한 녹지대가 꾸며져 있는데, 사실 이곳은 십여 년 전까지 수산물시장이 있어서 생선 비린내가 코를 찌르던 곳이었다.

그런데 지금은 저렇게 아름다운 공원이 되다니….

이제 또 앞으로 백 년이 지나면 '염천교' 는 어떤 모습으로 바뀔 것인가.

'서울'에 숨은 의미

조선왕조 건국 이래 600년 동안 민족과 영욕(榮辱)을 함께 하며 살아온 도시, 나라의 심장으로 정치 · 경제 · 문화의 중심 무대로 민족의 역사를 지켜본 도시- 서울은 비록 이름 없는 골목, 하찮은 돌조각일지라도 조상의 숨결이 틀림없이 배어 있으리라는 생각 때문에 국민의 사랑을 받아오고 있다.

아직 24회 올림픽의 감동과 열기가 가시지 않은 시월 초순의 어느 날 저녁, 나는 종로 뒷골목의 대폿집을 들어서다가 이미 거나하게 취한 손님들의 다음과 같은 대화를 듣게 되었다.

"서울이 이젠 명실공히 '동방의 등불' 이 된 것이지 뭐."

"뭘 그래. 그저 '금따는 콩밭' 쯤으로 보는 게 어때?"

서울 올림픽을 한 마디로 요약한 이 대화 때문에 나는 며칠 동안 '서울'의 의미가 무엇인가를 곰곰 생각하지 않을 수 없었다. 타고르의 시구에서 '동방의 등불'을 인용한 분은 올림픽 이후 서울의 발전을 강조한 것이었고, 김유정의 소설 제목 '금따는 콩밭'을 연상한 분은 금메달에 얽힌 불상사를 풍자적으로 꼬집은 것이리라.

원래 '서울'은 수도(首都)라는 의미의 보통명사이지 '서울특별시'를 가리키는 고유명사가 아니었다. 그런데 8·15 광복이 되고 우리 정부가 수립되면서 일제 때에 쓰던 '경성(京城)'이란 이름을 피하여 '서울'을 수도의 이름으로 삼자 그것이 고유명사의 지위를 굳히게 된다.

'경성'이란 낱말은 삼국사기(三國史記)에 나타나기도 하지만 낱말로 굳은 것은 아니었고, 분명한 낱말로 쓰인 예는 지금부터 300년 전 김만중(金萬重)의 서포만필(西浦漫筆)이 아닌가 싶다.

"그(풍신수길)는 경성을 지키지 못한 뒤에는 임금의 수레 머무를 곳이 평안도가 아니면 함경도가 될 줄을 알았으므로 군대의 길을 동서로 나눈 것이니, 그의 계책으로는 우리 임금을 꼭 사로잡고자 함이었다(彼知**京城**不守後車駕所駐 非

浿西則嶺北 故東西分路 計在必獲)."

기묘하게도 그 내용이 임진왜란과 관련이 있고 보니 경성은 이래저래 일본과 인연이 있는 낱말인 듯하다.

'경성' 에 앞선 이름에는 '한성(漢城)' 이 있다. 조선왕조 500년간 한결같이 사랑을 받았고 아직도 중국 사람들이 사용하는 이름이다. 이 '한성' 은 '한양(漢陽)' 이라는 자매명칭까지도 거느리고 있다. 그러나 이런 이름에서는 '서울' 의 의미가 밝혀지지 않기에 나는 방향 전환을 시도한다. 그래서 두시언해(杜詩諺解)와 용비어천가(龍飛御天歌)를 생각해 낸다.

"슬피 서울흘 ᄉᆞ랑ᄒᆞ노라(悄悄憶京華)"는 두시언해에 있는 구절이요, "셔ᄫᆞᆯ 使者를 ᄣᅥ리샤(憚京使者)"는 용비어천가에 나온 구절이다. '서울' 의 옛 이름 '셔ᄫᅳᆯ' . 그렇다, '셔ᄫᅳᆯ' 은 신라(新羅)의 옛 이름 '서라벌(徐羅伐)' , '서벌(徐伐)' 을 연상시킨다.

"나라 이름을 서라벌 또는 서벌이라 하였다. 오늘날 세속에서 京자를 뜻풀이할 때에 서벌이라 하는 것은 이 때문이다(國號徐羅伐及徐伐 今俗訓京字云徐伐以此故也)."

삼국유사(三國遺事)의 이 기록은 결국 '서라' 와 '서울' 의

'서', '벌'과 '서울'의 '울'의 대응 관계를 확립시킨다.

'벌'은 '벌판', '갯벌' 같은 낱말로 지금도 살아 있으니 그것은 '넓은 들판'을 뜻하는 '평원(平原)' 또는 '평원에 세운 촌락(村落)'의 뜻으로 볼 수 있거니와 '서라'는 도대체 무엇이란 말인가?

어떤 이는 '동쪽(東), 새로움(新), 새벽(曙)'의 뜻을 나타내는 것이라 하고, 또 어떤 이는 '금빛(金), 무쇠(鐵)'의 뜻을 가진 것이라 주장한다. 그러나 어느 것이라 단정하기는 어려운 처지이다. 더구나 '서라벌'은 신라에만 있었던 것은 아니다. 백제(百濟)쪽에도 '서라벌'에 대응하는 '소부리(所夫里)', '사비(泗沘)'라는 낱말이 있지 않은가!

그렇다면 이런 낱말들은 그 뜻하는 바가 '동쪽 평원'이었건, '금빛 평원'이었건 그 뿌리가 적어도 이천 년 전 삼국시대 초기까지는 거슬러 올라가는 것이요, 어쩌면 민족의 기원(起源)과도 맥이 닿아 있을 것 같다.

'동방의 등불'이니 '금따는 콩밭'이니 하던 술꾼들이 목청을 높여 부르던 '서울찬가'의 노랫가락이 내 귓전에 다시 맴돈다.

"종이 울리네, 꽃이 피네, 새들의 노래, 웃는 그 얼굴…"

녹아버린 한자어들

결혼식 주례를 자주 하시는 나의 은사님 한 분이 주례사에서 약방의 감초격으로 빼놓지 않으시는 말씀이 하나 있다. 어떤 주례사에서건 이 말씀을 시작으로 하여 다른 이야기를 양념으로 섞으시는데 그 약방의 감초격인 말씀은 대략 다음과 같은 내용이다.

"결혼이란 것은 별것이 아닙니다. 아내는 남편을 닮고, 남편은 아내를 닮는 것입니다. 그러므로 결혼이란 서로 다른 생활환경, 서로 다른 집안 풍습, 서로 다른 성품과 기질, 서로 다른 식성과 버릇을 가진 남녀가 부부가 되어 서로 닮으며 살아가는 긴 여행입니다. 나도 한 삼십 년 남짓 결혼생활을 하다 보니 마누라 얼굴을 보면 내 얼굴을 보는 것인지 마누라 얼굴을 보는 것인지 모를 때가 있습니다."

이 이야기는 언어의 경우에도 그대로 통하는 진리이다. 한자어는 우리 한국어쪽으로 시집온 말이라 할 수 있다. 시집온 때로 말하면 이천 년이 넘을 정도로 오래되었다(물론 비교적 늦게 시집을 와서 백 년이나 이백 년밖에 안 된 한자어도 있다). 그러는 동안 처음에는 한자어 본래의 특성을 강하게 유지하고 있었으나 우리말의 풍토 속에서 점차 토박이 고유어의 모습을 닮는 한자어가 생기게 되었다. 이때에 어떤 면을 닮느냐 하는 것은 한자어의 기질에 관계되는 문제라 하겠다.

여기에서 '닮는다'는 말의 기본은 언어의 경우에 말소리가 원래 모습을 찾아보기 어려울 정도로 바뀌는 것을 가리키는 것이지만, 말뜻이 바뀌는 경우도 아울러 취급하는 것이 보통이다. 결국 '닮는다'의 뜻을 '바뀐다'로 확대 해석을 하는 것인데, 그러한 기준으로 하여 한자어의 바뀐 모습을 다음 세 가지로 갈라 볼 수 있다. ① 말소리만 바뀐 것. ② 말뜻이 바뀐 것. ③ 말소리와 말뜻이 모두 바뀐 것.

요즈음 젊은이들은 '양말'이라는 낱말이 '서양식 버선'이라는 의미의 한자어 '洋襪'임을 의식하는 사람이 거의 없다. 이것은 말소리도 말뜻도 바뀌지 않았지만 그 낱말에 너무도 익숙하게 된 나머지 어원을 생각할 겨를이 없어진 탓이라 하겠다(이때에 한자 실력이 약해졌다는 이유는 슬쩍 눈감아버리는 것이다).

'성냥' 은 '석류황(石硫黃)' 이 말소리를 바꾼 것이요, '숭늉' 은 '숙냉(熟冷)' 이 말소리를 바꾼 것이다. '술래잡기' 에서 '술래' 는 '순라(巡邏)' 라는 말소리가 바뀐 것인데 어린이들은 '술래' 의 원뜻이 도둑을 잡는 '경찰관' 의 의미라는 것을 까맣게 모르고 있다. '싱싱하다' 는 말을 '생생(生生)하다' 와 관련을 맺어 이해하는 사람은 많지만 '얌체' 를 '염치(廉恥)' 와 연관시키는 사람은 그렇게 많지 않다. 이 경우는 말뜻도 바뀌었기 때문이다.

우리가 무의식적으로 사용해서 그렇지 낱말의 말뜻은 모순을 극복하면서 종횡무진으로 바뀌기도 한다. 가령 '하양까망' 또는 '흰검댕' 이란 말이 있다고 하면, 그런 모순되는 표현이 어떻게 가능하냐고 하겠지만, '백묵(白墨)' 이란 낱말을 글자 하나하나 원뜻대로 풀이하면 별수 없이 '흰검댕' 이란 말이 될 수밖에 없다. 역사적으로 보면 처음에 글씨 쓰는 재료로 먹(墨)이 개발되고 나중에 하얀 석회가루를 굳힌 '흰

댕(?)' 이 생기자 그것을 '흰먹' 곧 '백묵' 이라 부르게 된 것이다. 더 웃기는 것은 '노랑 백묵', '파랑 백묵' 을 어원을 밝혀 풀어 놓으면 '노랑하양까망', '파랑하양까망' 이라는 뜻이 되어버린다는 점이다. '흐지부지' 라는 말은 '어물쩍 없어짐' 을 가리키는 말쯤으로 아는 사람이 많으나, 사실은 '사리고 조심하며 숨기고 감춘다' 는 의미를 가진 '휘지비지(諱之秘之)' 가 말소리도 말뜻도 바뀐 결과 그렇게 된 것이다.

'동냥은 아니 주고 자루 찢는다' 는 속담에 나오는 '동냥' 이란 낱말도 꽤나 기구(崎嶇)한 변화를 거친 말이다. 옛날에 탁발(托鉢)하는 스님들이 밥을 얻으러 마을로 내려올 때에는 장대 끝에 방울을 매어 달아 흔들었던 모양이다. 그래서 '동령(動鈴)' 이란 낱말이 곧바로 '구걸(求乞)' 을 뜻하는 말로 바뀌어 '동냥자루' 라는 낱말까지 생기게 되었다. 이렇게 녹아버린 한자어를 생각하면 요즈음 물밀듯 밀려오는 서양 외래어들도 고유어처럼 옷을 갈아입는 것은 시간 문제일 것이라는 생각이 들기도 한다.

우리말의 흐름

보은단報恩緞과 고운담

10년이면 강산도 변한다고 하는 말은 강산의 이름도 바뀐다는 뜻을 감추고 있다. 지금 롯데호텔의 지하 차고가 된 자리에는 반도호텔을 옆에 두고 아서원(雅敍園)이라는 중국 요리점이 있었다. 장안에서 행세하던 사람들의 연회장이었다. 그전에는 어느 부호의 주택이었다가 봉명학교(鳳鳴學校)라는 교육 기관이 들어앉아 개화기 우리 민족의 선구적 등불 구실도 하였다. 그런데 세상에 전하는 바로는 그 자리가 선조 때 역관(譯官) 홍순언(洪純彦)의 집터라 한다.

그가 명나라 북경에 갔다가 하루는 객수(客愁)를 달래기 위해 청루에서 천하 절색을 구한 일이 있었다. 이에 한 미인이 청초한 모습으로 나왔는데, 용모는 아름다우나 근심이

가득하여 손님을 뵙고 울면서 말하였다. “공은 외국인이라 나라 법에 도저히 부부가 될 수 없은즉, 오늘 모시면 그뿐이라 이렇게 슬프옵니다.” 그러면서 그 아비가 통주(通州)라는 마을의 관리로 공금을 횡령하고 죽으매 기루(妓樓)에 몸을 의탁하게 되었다는 사정을 아뢰는 것이었다.

의협의 사나이 홍순언은 2천금(二千金)을 주어 그 여인을 자유의 몸으로 풀어 주니 그녀는 홍순언을 아버지로 모시겠다 맹세하고 헤어졌다. 그 후 명나라 예부시랑(禮部侍郞)의 아내가 된 그 미인은 홍순언이 재차 북경에 갔을 때에 자기의 재생지은(再生之恩)을 갚기 위하여 보은단(報恩緞)이라 수놓은 비단을 짜 두었다가 귀국길에 선물하였다.

이 이야기가 세상에 알려지자 홍순언의 마을을 보은단골이라 하더니, 그 집 담장에 효제충신(孝悌忠信) 같은 글자를 채색 벽돌로 새겨 넣고 흰 분칠을 하자 마을 이름이 고운담골이 되었다.

다시 그것을 한자로 미장동(美墻洞)이라 하게 되어 ‘보은단’ 과 ‘미장’ 이 인연을 맺게 되었다. 그러나 일제시대엔 엉뚱하게도 황금정(黃金町) 일정목(一丁目)이라 하더니 오늘날 을지로 1가가 되었는데, 이제는 속칭 ‘롯데 1번가’ 라 일컨는다.

세월 따라 산천의 이름을 바뀌는 것은 어쩔 수 없으나 '롯데 1번가' 만은 아무래도 입맛이 씁쓸하다. 홍순언의 혼령은 아직도 거기에서 '보은단' 과 '고운담' 소리를 듣고 싶어 바장이고 있을 것이기 때문이다.

'쩨자'의 참뜻

여러 개의 낱말이 연이어 붙어 있는 복합어를 간편하게 줄이어 표현하고자 할 때, 첫 글자 모아쓰기가 사용된다. 아크로님(acronym, 頭字語)이라고도 부르는 이러한 준말 만들기는 간편하게 표현하고자 하는 언어 경제의 한 가지 방법이다. '입학시험'을 '입시'라 하고 '국제연합'을 '유엔(UN)'이라 하는 것이 모두 첫 글자 모아쓰기의 좋은 예들이다.

누군가가 지어낸 이야기 한 토막. 어느 날 점심때 친구들과 어울려 음식점에 들어가 주문을 마치고 나니, 종업원이 부엌을 향하여 이렇게 외치더라는 것이다.

"곰보 하나, 갈보 둘"

그들은 즉시 곰탕과 갈비탕을 주문하면서 "보통으로 먹

읍시다" 했던 것을 상기하고 그것이 이 음식점에서만 통용되는 준말인 줄은 알았으나, 그 말이 연상시키는 다른 의미 때문에 그만 식욕이 싹 가셔 버리는 느낌을 받았다고 한다. 이러다간 우리나라 음식 이름에 온갖 육체적 불구자가 총동원될지도 모를 일이다.

그런데 문제는 여기서 그치지 않는다. 일상으로 사용하는 범상한 낱말들은 아크로님의 방법으로 재해석함으로써 그 낱말의 정상적인 의미를 역설적으로 풍자하는 은어(隱語)의 세계가 젊은이들 사이에 널리 퍼져가고 있기 때문이다. 중학교 다니는 딸아이가 나에게 농담을 걸어왔다.

"아빠, 낱말의 뜻 좀 여쭈어볼까요?"

"그래, 아무렴 네 물음에 대답 못 할까?"

"'청초하다' 가 무슨 뜻이지요?"

"그거야 깨끗하고도 예쁘다는 뜻이지."

"아니에요, 청승맞고 초라한 것이라는데……"

기가 막혀 웃는 나에게 고등학교 다니는 아이는 더 엄청난 예를 제공하였다.

"제자(弟子)의 참뜻이 무언지 아세요? 제멋대로 자란 놈이래요."

지극히 교육적인 용어를 이처럼 완벽하게 비교육적인 현상으로 풀이할 수 있는가? 가히 김삿갓의 후예라 할만하다. 그러나 내가 김삿갓을 만난다면, 나는 이렇게 말씀을 드릴 생각이다.

"삿갓 어른, 이런 것은 그저 아이들의 말장난이지 우리나라 현실과는 아무 상관이 없습니다."

구멍 뚫린 안내문

단추 떨어진 저고리나 구멍 뚫린 바지를 입고 외출한 사람을 만났을 때, 우리는 민망하여 눈 둘 곳을 모른다.

많은 사람이 읽어야 하는 안내문이나 표지판에 맞춤법이 틀리거나 잘못 쓴 낱말을 보게 되면 우리는 어떤 느낌을 갖는가?

오대산 국립공원을 관광하는 사람들이 적멸보궁(寂滅寶宮), 상원사(上院寺), 월정사(月精寺)는 찾아가면서도 슬쩍 지나쳐버리는 외로운 절이 하나 있다. 월정사에서 상원사를 향해 10리쯤 걷다가 왼쪽으로 뚫린 오솔길을 100m가량 올라가면 영감사(靈鑑寺)라는 절이 본전(本殿) 한 채만 덩그러니 서 있다.

이렇게 볼품없는 절이지만 뜻있는 이가 발걸음을 멈추는 까닭은, 여기가 임진란에 모두 타버리고 오직 한 질만 남은 조선조실록(實錄)을 다시 찍어 보관했던 사고(史庫)터의 하나기 때문이다. 지금 그 터에는 영감사 본전 뒤에 주춧돌만 남아 있으나 거기에서 우리는 삶의 기록을 온전하게 간직하려 했던 우리 조상들의 눈물겨운 노력을 배우게 된다.

그러나 지난봄, 영감사를 찾았을 때, 사고(史庫)터 앞에 세워 놓은 안내문은 나를 얼마나 우울하게 하였던지.

"이곳 五臺山 靈鑑寺는 新羅時代 善德女王 14年(西紀645年)當時 慈藏律師께서 創建한 寺刹이며 朝鮮 宣祖王22年(西紀1590年)에 四溟大師가 오래도록 住錫하시면서 山地形이 吉地(三災不入地)임을 上王께 奏達하여 史閣을 建立하고 實錄(全帙 880卷) 150掛을 當 寺刹에 留鎭하였음."

한자 문제, 오해를 일으키는 문장 구조, 연대 착오, 맞춤법 등 지적해야 할 것이 한두 가지가 아니었다. 150掛을에서 掛(괘) 다음에 '를'이 와야 함에도 '을'이 쓰였다. 더구나 상왕은 새 임금에게 자리를 물려주고 은퇴한 임금을 가리키는 말인즉, 선조대왕 시절은 41년의 재위 기간 중에 선조 외에 다른 임금이 없었으니 상왕은 도대체 누구란 말인가?

전국 방방곡곡 이렇게 잘못된 안내판이나 표지판을 찾아 나선다면 제대로 된 것은 몇 개쯤 될까? 온 나라에 단추 떨어지고 구멍 뚫린 안내문이 꽉 들어찬 것 같은 환각에 머리가 어질어질하다.

작가의 책임

내년이면 환갑이 되시는 ㅂ선생님은 한때 나와 이웃하여 사신 적이 있는 물리학 교수이시다. 일본에서 태어나 거기서 대학까지 마치고 계속 일본에서 연구 생활을 하다가 귀국하신 분이라 우리말 발음을 꼭 일본 사람처럼 하신다. 나만 보면 우리말을 잘못해 미안하다고 하시면서 가끔 잘 쓰이지 않는 우리말 낱말의 뜻을 묻곤 하셨다.

며칠 전 어느 모임에서 선생님을 뵈었더니 선생님은 나를 반기시며 이런 말씀을 하셨다.

"요즈음 나는 우리나라 역사 소설을 읽어요. 그런데 모르는 낱말이 너무 많아요. 할 수 없이 수첩을 만들어 적어 놓았다가 사전을 찾아 바른 의미를 확인한답니다."

"대충 읽으시면 어때서 그러세요?"

"아니, 국어학 교수가 그런 말씀을 하십니까? 나는 가끔 내가 진짜 한국 사람이 되려면 아직도 멀었다고 생각합니다."

소설도 제대로 읽지 못하는 사람이 어떻게 한국 사람 행세를 하느냐는 것이 선생님의 겸허한 자세였다.

그날 저녁, 나는 서점에서 최근에 간행된 소설에 어떤 것이 있는가를 살피다가 어떤 소설책 표지에 적힌 다음에 같은 광고문을 우연히 보게 되었다.

"죽음과 어둠의 분탕칠로 버려졌던 이 땅에 뜨거운 생명의 불길을 놓아 흐드러지게 사랑을 꽃피운 6·25 문학예술의 절정."

나의 낱말 실력으로는 '분탕칠'이 무엇을 뜻하는지 알 수가 없었다. 원래 '분탕(焚蕩)'은 재산을 낭비하는 무절제한 행위를 가리키는 말이요, 간혹 '분탕질'이라 하여 재물 낭비와 아울러 도덕적 방탕(放蕩)을 뜻하는 '난봉'의 의미로 쓸 수는 있으나, '분탕'이 도료(塗料)가 아닌 한, '칠'과 결합할 수는 없는 낱말이다.

문맥으로부터 추정할 수 있는 뜻은 '무질서'나 '혼돈'과 통하는 것이겠는데, 그것이 어떻게 '칠'에 연결되는지 알 수 없는 일이었다.

언어를 재료로 다루는 작가는 분명, 새 낱말을 만들 권리가 있다. 그러나 거기에는 분명한 한계가 있음도 명심할 일이다. ㅂ선생님이 혹시 이 낱말의 뜻을 물어오신다면 나는 무어라고 대답할까? 궁벽한 사투리라고 둘러댈까? 잘못 만든 말인듯 싶다고 부끄러운 고백을 할까?

독도獨島와 뚝섬

대체로 6세기 초부터 우리나라의 사람 이름과 땅 이름은 한자로 표기되기 시작하여 최근까지 그 전통이 유지되어 왔다. 한자로 쓸 수 없는 이름은 이름이 아니라는 착각으로 1천5백 년을 살아온 셈이다. 그런데 요즈음 새로 건설되는 길이나 마을 이름을 고유한 우리말로 정하려는 움직임을 보면서 우리는 새로운 문화의식이 어떻게 언어 · 문자 생활에 반영되는가를 지켜보게 된다.

한동안 한자화로 치닫던 현상은 이제 그 반대로 한글화 현상으로 바뀌어 가는 추세에 있다. 마치 화학에서 말하는 가역반응(可逆反應)을 보는 것 같다. 이러한 예는 '독도(獨島)' 와 '뚝섬' 의 경우에서도 발견된다.

'독도(獨島)'를 한자 표기에 따라 막연히 우리나라 동해 끝에 있는 '외로운 섬'이라고 생각하는 사람들은 잠시 일사(一蓑) 방종현(方鍾鉉) 선생의 다음과 같은 의견에 귀를 기울여야 하다.

"나는 이 섬의 이름이 '석도(石島)'의 뜻에서 온 것이 아닌가 생각한다. 이것은 '돌섬' 또는 '독섬'의 두 가지로 부를 수 있는 것이니, 여기서 문제는 이 독도의 외형이 전부 돌로 된 것 같이 보인다는 것과 '돌'을 어느 방언에서 '독'이라고 하는가를 해결하면, 이 석도(石島)라는 명칭이 거의 가까운 해석이 되리라고 할 것이다."

한편, 서울 근교에 있는 '뚝섬'은 한강과 중랑천이 마주쳐 형성된 삼각주로, '살꽂이 벌'이라고도 하는데 조선조 이래 임금의 사냥터로, 혹은 군사들의 훈련장으로 이용되던 벌판이었다. 사냥 나온 임금의 수레 왼쪽에는 '독(纛)'이라는 기(旗)를 세워 임금의 거동을 표현하였다. 원수(元帥)의 큰 깃발도 '독(纛)'이라 한다.

이 벌판은 조선조 5백 년 동안 자주 '독(纛)'이란 깃발이 나부끼던 곳이었다. 그런데 이 글자의 우리식 발음이 '둑'이기 때문에 '둑도(纛島)'라 적어 놓고 점차 '뚝섬'이라 부르게 된 것이다.

그러고 보면 '독도(獨島)' 의 본래 이름은 '돌섬(독섬)' 이요, '뚝섬' 의 본래 이름은 한자어인 '둑도(纛島)' 가 아닌가? 이제 우리는 '독도의 길' 을 버리고 '뚝섬의 길' 로 방향 전환을 하고 있다. 우리는 이 방향 전환이 우리의 민족문화를 꽃피우기 위하여 어떤 의미가 있는가를 깊이 생각하면서 우리의 마음을 가다듬어야 할 것이다.

말(言語)을 가지고 노는 아이들

동요에는 대개 두 가지 장점이 있다. 그 하나는 경쾌한 곡조요, 또 하나는 노랫말이 제시하는 해맑은 세계다.

우리가 어른이 되어서도 가끔 어린이의 동요를 부르는 까닭은 세상살이에 때묻고 이지러진 우리의 심성이 그 동심(童心)의 세계 속에서 씻기고 다듬어지기를 바라는 작은 소망 때문이기도 하다. 그래서 우리는 동요를 사랑하고, 동요를 부르는 순박하고 천진스런 어린이들을 사랑한다.

며칠 전 일이다. 동네의 골목길에서 귀에 익은 동요의 노랫가락이 들렸다. 나는 나도 모르게 그 가락에 따라 노래를 흥얼거리며 길을 걸었다. "학교 종이 땡땡땡, 어서 모이자." 그러나 그 노래의 진원지인 어느 집 담장 옆을 지나칠 때 나는 내 귀를 의심하였다. 분명히 노래는 그 노래인데, 노랫말이 전혀 엉뚱한 것이었다. "학교 종이 찌그러졌다. 엿 바꿔 먹자. 선생님이 때리면, 신고합시다."

아이들은 낄낄대며 웃었다. 그때 찌그러진 내 얼굴, 분노와 좌절로 핏기 잃은 내 얼굴을 본 사람이 있다면 구급차를 부르라고 정말로 파출소에 신고하러 갔을 것이다. 성질대로라면 떼쓰는 어린아이처럼 그 자리에서 기절이라도 하고 싶은 심정이었다. '아니지, 이럴수록 정신을 차려야지, 언어가 정상적인 의사 전달의 도구이기를 포기하고 뒤틀린 반어법(反語法)의 난무장이 되어 버리면 앞으로는 어떻게 말을 하고 사는가?' 이렇게 혼잣소리를 하고 있는데 담장 안에서 들려오는 두 번째의 노랫소리.

"햇볕은 쨍쨍, 개구리는 반짝, 홀랑 까진 대머리에 참기름을 발랐더니, 파리 모기 날아와서 맛있게도 냠냠."

아아, 나는 신음 소리를 낼 기력조차 상실하고 말았다. 이제 우리나라에는 참다운 의미의 어린이는 사라진 것인가? 누가 저 어린이들을 저토록 되바라진 말재주꾼으로 길렀는가? 가지고 놀 것이 그렇게도 없어서 '말〔言語〕'을 가지고 놀아야 하는가?

우리는 당분간 직설법(直說法) 이외의 어떠한 수사학적(修辭學的) 기교도 부리지 않아야 할까 보다.

욕설의 한계

세상에 태어나서 평생토록 남에게 큰 소리나 욕지거리 한 번 아니하고 살다가 죽는 사람은 없을 것이다. 예수님도 교활하고 간악한 율법학자와 바리새파 사람들을 향하여 "이 뱀 같은 자들아, 독사의 족속들아! 너희가 지옥의 형벌을 어떻게 피하랴?" 이렇게 심한 말씀을 하시면서 저들의 위선을 고발하셨다.

이렇듯 욕설은 의로운 사람이 의롭지 못한 사람을 질책하는 경우에 있어서 그 정당성이 인정된다. 그러나 이 세상에 예수님처럼 완벽하게 의(義)로운 사람이 없고 보면, 욕설과 저주를 받아 마땅한 사람이 아무리 많아도, 자신있게 욕설을 퍼부을 수 있는 사람이 그렇게 많이 있을 것 같지는 않다.

천주교 박해가 극심하던 1백여 년 전, 프랑스 선교사 한 분이 상복(喪服)과 삿갓으로 변장하고, 신자들 몇 사람과 함께 길을 걷고 있었다. 주막거리 앞을 지날 때, 조심성 없는 주모가 부엌에서 설거지물을 행길로 끼얹었다. 그 구정물은 프랑스 신부님의 상복을 얼룩덜룩 더럽히고 말았다. 신분을 감추고 다니는 처지인지라 일행은 그 자리를 서둘러 빠져나와야 하였다. 인적이 드문 산길로 접어들자 그 신부님은 좌우를 둘러보며 "해, 해, 조심하지 않구." 이렇게 푸념하듯 말씀하시는 것이었다. 함께 걷던 신자들은 그 말씀이 조심성 없는 주모의 행동을 나무라는 것으로 짐작이 되기는 했으나 '해해' 는 무슨 말인지 알 수가 없었다.

"신부님, '해해' 는 프랑스 말입니까?"

"아닙니다. 한국말입니다. 한 해는 일 년이지요? '해' 가 두 번이면 이년 아닙니까?"

그제서야 사람들은 신부님이 주모를 향해 '이년! 조심하지 않구' 이렇게 꾸짖는 말씀을 간접적으로 나타냈음을 깨달았다. 일행은 신부님의 익살에 배를 잡고 웃으며 그 불쾌했던 기분을 씻어 버렸다고 한다.

이 이야기의 사실 여부는 알 길이 없으나 "이년" 소리조차 입에 담기를 꺼렸던 그 신부님이야말로 세상을 향해 마음껏 욕설을 퍼부을 수 있었던 분이 아닐까? 그러나 우리들 평범한 사람들은 "네게서 나온 것은 네게로 돌아간다(出乎爾者 返乎爾者也)."는 성현의 말씀을 되새기며 입을 조심해야 할 것이다.

하룻강아지도 모르면서

어느 날 공자님은 용감하기는 하나 잘난척하기를 좋아하는 제자 중유(仲由)를 근심스러운 듯 부르셨다.

"유야, 안다는 것이 무엇인지 가르쳐주랴? 아는 것은 안다고 하고, 모르는 것은 모른다고 하는 것이 정말로 아는 것이니라."

모르는 것도 아는 척하는 병통이 있던 중유는 스승의 근심 어린 훈계를 끝내 저버리고 위(衛)나라에서 벼슬을 살다가 정난(政難)에 휩쓸려 일찍 죽었거니와 모른다고 하는 사실을 솔직하게 인정하는 것처럼 아름다운 용기도 없을 것이다.

한국 사람으로 태어나 몇십 년을 한국말만 하고 살아왔다

하여 한국어를 잘 안다고 할 수 있을까? 며칠 전, 시장에서 장사꾼들이 언쟁하는 장면을 구경하게 되었었다.

"육갑허네, 아니 어째서 네 말이 옳으냐?"

"그래 난 병신이라 고깃값도 못한다."

이 대화 속의 '육갑(六甲)'은 원래 십간(十干) 십이지(十二支)를 결합하여 육십으로 한 주기(週期)를 이루는 육십갑자(六十甲子)를 일컫는 동양 전래의 역산법(曆算法) 용어다. "갑자, 을축, 병인…" 하고 헤아릴 때의 신바람 나는 낭송식 계산이 무식한 사람에게는 알 수 없는 주문(呪文)을 외는 것 같았을 것이다. 그래서 '육갑한다'는 '알 수 없는 소리를 지껄이다'라는 부차적인 뜻을 지니고 속된 말로 전락한 것인데, 그것이 다시 고깃(肉)값으로 둔갑을 하고 말았다.

이런 현상을 무식한 이들의 와전(訛傳)이라고 내버려둘 수만은 없다. 이것은 언어 교육이 안고 있는 문제점이다. 말은 배운 사람도 무식하게 만들 만큼 변모하는 수가 있기 때문이다.

"하룻강아지 범 무서운 줄 모른다."는 속담이 비유하는 뜻을 모르는 한국 사람은 없으리라. 그러나 '하룻강아지'의 원뜻이 무엇인지를 아는 사람은 그리 많지 않을 듯싶다. '태어난 지 하루밖에 안된 강아지 새끼' 라고 대수롭지 않게 대답하는 사람은 아직도 시골 노인들이 더러 소나 개나 말 같은 짐승의 나이를 셈할 때 사용하는 다음과 같은 특수한 어휘를 모르는 분들이다.

"하릅, 이듭(두릅), 사릅, 나릅, 다숩, 여숩, 니릅, 여드릅(여듭), 아숩(구릅), 담불(나여릅)."

'하룻강아지' 는 한 살짜리 강아지로, '하릅 강아지' 가 변한 말이다.

불어라, 귀화의 바람아

고려 말에 이성계의 휘하 장수로 남정북벌(南征北伐)의 공이 커서 조선 왕조가 세워진 뒤에는 개국 공신으로 추대되었던 이지란(李之蘭) 장군은 원래 여진 사람으로, 그의 본명은 쿠룬투란티무르(古倫豆蘭帖木兒)였다. 또 조선조 인조(仁祖) 때에 항해 중 표류되어 우리나라에 들어와 훈련도감(訓練都監)에서 전술 교관으로 일했던 박연(朴淵 또는 燕 · 延)은 원래 네덜란드 사람으로, 그의 본명은 얀 얀세 벨테브레(Jan Janse Waltevree)였다. 이들은 모두 한국 이름을 사용하며 한국 사람으로 살다 죽었다.

그리고 우리나라에서 벌써 3대째 1백 년을 넘어 선교사로 일하고 있는 언더우드(Underwood) 집안은 원두우(元杜尤),

원한경(元漢慶), 원일한(元一漢)이라는 한국식 이름으로 행세하면서 원주 원씨(元州元氏) 종친회로부터 명예 종친으로 추대된 것을 자랑으로 여기며 고마워한다고 한다.

말도 마찬가지여서 타바코(tabacoo)는 '담배'로 바뀌었고, 천차이 · 겸차이〔沈菜〕는 '김치'가 되었으며, 나베(ナべ)는 '남비'로 변신하였다. 한국 땅에서 살고자 하는 한, 당연히 밟아야 할 귀화의 길이었다. 그런데 어쩐 일인가? 요즈음에는 이귀화(歸化)의 바람이 불지 않는다. 어느 날의 신문이건 광고란을 한번 훑어보자. "코트 · 바바리 바겐세일- 참가 브랜드, 엘레강스, 조이스, 라포레, 루디아, 아나나스, 세뇨라, 츄바스코, 모아, 바바, 가스따리앙, 발렌시아, 러보오그…" 이것은 이름 높은 백화점이 무슨 쇼핑센터라는 이름으로 낸 광고였다.

그 아래에는 "그랜드 오픈 페스티벌- 오픈 세리머니, 오픈 서비스, 이벤트홀 버라이어티쇼, 멀티비전 프로그램", 광고주는 무슨 플라자라고 하는 보험회사의 신축 건물로 되어 있었다. 아마 누구든지 '그랜드 오픈 페스티벌'을 '집들이 큰잔치' 쯤으로 표현했으면 얼마나 점잖았을까 하고 애석해 할 것이다.

그러나 이러한 국적 불명의 외국말이 난무하는 것은 어쩌면 아주 일시적인 유행일지도 모른다. 우리 민족이 주견 없이 흔들거리기만 하는 못난 족속이라고는 생각할 수 없기 때문이다. 하지만 이렇게 자위하는 순간에도 '슈퍼마켓, 스낵코너, 드레스싸롱'의 간판들이 놀부의 박에서 튀어나온 잡귀처럼 춤을 추며 다가와 우리의 눈에 아프게 박히고 있다.

엉터리의 운명

사람은 환경의 지배를 받는다. 먹(墨)을 가까이하는 사람은 몸 어디엔가 먹물을 묻히게 되고, 농사를 짓는 농부의 몸에서는 흙냄새가 나게 마련이다. 해서 운수행각(雲水行脚)을 즐기는 승려들은 깊은 산골, 물 맑고 경치 좋은 곳을 찾아가 마음을 가다듬고자 한다. 공자님이 "자기보다 나은 점이 없는 사람과는 사귀지 말라(無友不如己者)." 하신 말씀도 인간이 주위 환경의 영향권에서 자유로울 수 없음을 일깨우신 가르침이었다.

항상 부정(否定)의 뜻을 나타내는 말과 어울려 쓰이는 낱말은 어느 틈엔가 그 부정적인 뜻에 전염되어 본래의 의미가 훼손되는 경우가 있다. '엉터리'란 낱말이 그 대표적인 에가 될듯싶다.

지금도 나이 지긋하신 어른들은 "이 사람아 그 엉터리도 없는 거짓말이 통할듯싶은가?"라고 말씀하시며 젊은이들의 잘못을 꾸짖으신다. 이때에 '엉터리'는 사물의 골격(骨格)이요, 근거(根據)를 뜻한다. 그래서 '엉터리'는 차라리 '충실한 내용', '진실스런 모습'을 나타내는 데 더 어울리는 말이라고 생각할 수 있다. 그러나 실제로는 '엉터리가 없다'는 표현 속에 자주 쓰이다 보니 그만 '없다'의 의미가 '엉터리' 속에 잠입해 들어와서 '실속없는 사물', '진실스럽지 못한 사람'을 뜻하게 되었다.

춘향전에 보면, 옥중의 춘향은 자기의 남은 재물을 팔아서라도 거지가 되어 돌아온 이도령에게 점잖은 양반의 위의(威儀)를 갖추어 주라고 자기 어머니에게 다음과 같이 호소한다.

"…한삼(汗衫) 고의(袴衣) 불초(不草)찮게 하여주오…"

여기에서 '불초하지 않다'는 '초초(草草)하지 않다'는 뜻과 완전히 같은 것이다. '초초(草草)하다'가 간략하고 초라하다는 뜻인데, '불초하다'를 그 반대의 뜻으로 해석한다면 춘향의 말은 해석상 모순이 생기고, 이도령을 박대(薄待)하라는 엉뚱한 뜻이 되어 버린다.

궁정의 표현과 부정의 표현이 똑같은 의미를 나타내는 경우가 요즈음 말에서도 발견된다. '우습다' 와 '우습지도 않다' 가 바로 그것이다. 이런 표현이 나올 때에는 말하는 이의 감정을 측정하는 것이 중요하다. 이처럼 모순을 초월하는 것이 언어라 하여 함부로 말하는 사람, 거친 표현을 쓰는 사람, 그러면서도 탈속(脫俗)한 도인(道人)이나 된 듯이 위장하는 사람이 있다. 그러나 결국 그런 사람은 자기의 거친 말씨에 전염되어 '엉터리' 의 운명이 되어버릴 것이다.

'무네미' 마을의 어제오늘

찔레꽃머리 초여름 한철부터 가물어서 쩔쩔매다가 칠팔월 장마에 물이 넘쳐서 고생하는 것은 우리 민족이 한반도에 터를 잡고 살아온 이래 변함없는 물난리의 풍속도이었다.

한글이 창제된 세종 25년도 예외일 수가 없다. 4월 25일에 북녘 들에서 기우제(祈雨祭)를 지내기 시작하여 날마다 혹은 하루걸러 갖가지 비를 비는 행사가 일어났다. 호랑이 머리나 도마뱀을 강물 속에 담그기도 하고, 산과 강에 빌기도 하였다. 종묘와 사직단(社稷壇)에도 빌었고 동서남북과 중앙을 지키는 용(龍)에게도 빌었었다.

그러다가 5월 17일에 비가 내리니 기우제를 중지하라는 명이 각처에 하달되었다. 그러나 다시 가물어 6월 27일부터 또다시 하루 걸이로 갖가지 기우제 행사가 벌어졌다. 임금님께서는 술도 금하시고 웬만한 잔치는 중지되었다.

종묘, 사직, 명산, 대천은 말할 것도 없고 뇌성보화천존(雷聲普化天尊)이라는 우렛소리까지 기우제를 받아먹는 하느님이 된다. 그러다가 7월 23일에 비가 내리기 시작, 24, 25일에 연거푸 큰 비가 내리고 8월 19일에 이르러 "한강에 물이 넘쳐서 많은 집이 떠내려가고 침몰되었다."는 이야기를 마지막으로 그해의 가뭄 난리, 홍수 난리가 끝났다.

이렇게 물난리가 많고 보니 '물넘이'라 불리는 마을이 온 나라에 널리 생겼다. "물이 넘친다" 하여 붙인 이름이다. 이 '물넘이' 마을은 부르기 쉽게 '무너미' 혹은 '무네미'로 바뀌었다. 온 나라를 통틀어 보면 '무네미' 마을의 숫자는 수백을 넘을 것이다.

이 마을들이 한자 이름으로 정리되던 시절, 어떤 곳은 뜻풀이하여 물 수(水), 넘을 유(踰)자로 수유리(水踰里)가 되고 어떤 곳은 비슷한 발음을 취하여 '문암'으로 바꾸고 글 문(文), 바위 암(岩)자를 붙여 문암리(文岩里)가 되었다. 수유리는 서울 도봉구에 있고, 문암리는 충남 공주에 있으나 이 두 마을의 토박이 이름은 모두 '무네미' 일 뿐이다.

얼마 전 또 한 군데 무네미 마을을 찾아간 적이 있었다.

"무네미요? 응, 케무지를 찾으시는군. 요새는 무네미라면 몰라요. 케무지라고 해야지. 이 고개만 넘으시구려."

머리에 보따리 하나를 이고 가는 할머니가 알려주시는 말씀이었다. '무네미' 가 이번에는 어째서 '케무지' 가 됐을까? 그러나 한국 현대사의 비극을 아는 사람에게 있어 이것은 그렇게 어려운 문제가 아니다. 그 마을엔 주한 미군 군사고문단(케이엠에이지, KMAG, Korean Military Advisory Group)의 지부가 자리 잡고 있었기 때문이다.

법석法席의 비애

회색 장삼의 스님 한 분이 어느 집 대문 앞에서 목탁을 두드리며 시주를 청한다. 구성진 불경 낭송이 끝나고 따악 딱 딱딱 목탁 소리도 멈췄다.

"시주를 부탁합니다. 나무관세음보살"

빼꼼히 열린 문틈으로 젊은 여인의 새된 목소리가 튀어나온다.

"우리 집 예수 믿어요."

대문이 쾅 닫히고 빗장 걸리는 소리가 요란하다.

몇 해 전까지만 해도 가끔 볼 수 있었던 도회지 주택가의 풍경이다. 다행스럽게도 요즈음엔 예수를 믿는다는 것이 스님에게 시주할 수 없다는 의사표시가 될 수 없음을 깨달은 사람들이 많아져서 이런 얘기가 우스개로 들릴 것이다. 그러나 이 우스운 대화 한 토막은 종교가 경직되었을 때의 비극적인 모습을 암시한다.

영어의 '도그마(Dogma)' 란 낱말은 의심없이 진리로 받아들이지 않을 수 없는 '교의(教義)' 를 뜻하지만 거기에서 파생한 '도그마틱(dogmatic)' 이란 낱말은 자기주장만 옳다고 내세우고 다른 의견을 모두 죄악으로 몰아붙이는 '독선적(獨善的)' 이란 뜻을 갖게 되었다. 종교 교리의 서글픈 일면을 이 낱말이 말해주는 셈이다. 종교 때문에 이 세상이 이나마 유지된다고 할 수도 있으나, 종교 때문에 부당하게 피를 본 사람은 또 얼마나 많은가?

우리말에도 '도그마' 처럼 슬픈 변화를 입은 낱말에 '법석(法席)' 이 있다. '법석(法席)' 은 원래 부처님의 가르침을 강론(講論)하는 자리이다. 귀한 말씀이니 가능하면 많은 사람이 모여야 할 것이고 위의(威儀)를 갖추어 엄숙 장려해야 효과가 클 것이다. 그래서 '법석' 이 벌어지면 절차가 복잡하고 많은 사람이 웅성거렸을까? 우리말에 '법석을 떨다. 법석이다. 법석거리다' 는 모두 소란하고 시끄럽고 질서가 없는 것을 가리킨다. 혹시나 '법석' 마당에 자기주장만 내세워 흑백논리의 팽팽한 대립으로 싸움판이 벌어졌기 때문에 생긴 말이 아닌가 하는 의심이 들기도 한다.

'야단법석(野壇法席)' 이라는 말은 이제는 불교 용어로서보다는 무질서한 장면을 묘사하는 데 더 어울리게 되었으니 '법석' 이란 낱말에 발언권을 준다면 필경 이렇게 하소연을 할 것이다.

"사랑하는 한국인 여러분, 제발 나 '법석' 이란 낱말이 한국어에 없었던 것으로 해 주실 수는 없겠습니까?"

속담의 감칠맛

속담은 진리인가?

우리가 일상으로 만나는 세상사를 비유의 수법으로 표현하는 데 쓰이는 속담은 오랜 세월 많은 사람들이 즐겨 사용해 왔다는 이유 하나만으로 그것은 엄정한 진리를 말하는 것이라고 생각하는 사람들이 있다. 만일에 진리라고 하는 것이 시대와 장소와 형편에 따라 융통성있게 해석되는 무엇이라면, 속담이 그러한 의미의 진리를 말한다고 해서 틀린 것은 아니다. 그러나 우리가 진리라고 여기는 것은 시대와 장소를 초월하여 언제 어디서나 영구 불멸의 값을 지니는 명제여야 한다. 이처럼 만고불변(萬古不變)의 값을 지니는 것이 진리라면 속담은 결코 진리를 나타낸다고는 말할 수 없다.

잠시 서로 상반된 주장을 하는 속담들을 살펴보기로 하자.

○애비는 애비, 자식은 자식
○그 애비에 그 자식
○빛 좋은 개살구
○개살구도 맛들일 탓
○선무당이 사람 죽인다
○선의원은 사람을 죽여도, 선무당은 사람을 살린다.
○병신 자식 고운 데 없다.
○병신 자식 효도한다.
○거짓말이 외삼촌보다 낫다.
○거짓말하고 뺨 맞는 것보다 낫지.
○부부 싸움은 칼로 물 베기
○부부는 돌아누우면 남남

이렇게 서로 정반대의 주장을 하는 한 쌍의 속담을 놓고 어느 것이 옳고 어느 것이 그르냐를 판정하려 한다면 어떻게 될 것인가?

솔로몬의 지혜를 천만 번 동원한다 해도 이 문제에서는

옳고 그름의 판별이 나지 않는다. 인간의 삶이 한 가지 관점의 논리적 분석이나 판단만으로 해결되는 것이 아니기 때문이다. 부부가 영원히 다정스런 동반자여야 한다는 것은 마땅히 그러해야 좋지 않으냐는 당위(當爲)의 문제요, 살다 보면 어쩔 수 없이 갈라서는 부부도 생긴다고 하는 것이 현실의 문제다.

그렇다면 속담은 형편에 따라 당위성을 앞세우기도 하고, 현실성을 앞세우기도 하는 임기응변의 술수꾼이다. 그러나 세상을 단순한 눈으로만 보아서는 안된다는 의미에서 속담이 나타내는 비유는 여전히 우리에게 진리를 가르치고 있는 듯하다.

'게도 구럭도 다 잃었다'

대부분의 속담은 그 속담의 근거가 되는 배경 설화를 토대로 하여 만들어지는 것이 보통이다. 그러나 때로는 이미 세상 사람들의 입에 오르내리는 속담에다가 그럴듯한 설화를 만들어 붙이는 경우도 있다.

'게도 구럭도 다 잃었다' 는 속담은 바닷가 갯벌에 게를 잡으러 나간 사람이 게는 커녕 게를 집어넣을 구럭을 잃어버림으로써 손해가 중첩됨을 풍자하는 데 쓰이는 것이었다. 그런데 이 속담에 다음 같은 설화가 전하여 온다.

옛날에 게(蟹)라 하는 사람이 굴억(屈億)이라 하는 미남 친구와 아주 친하게 지내고 있었다. 굴억이 어찌나 잘 생겼는지 게의 아내는 굴억의 잘생김을 흠모한 나머지, 굴억과 정을 통하고 싶어서 자기 남편에게 약을 먹여 죽여버렸다. 그러나 굴억은 "선비는 자기를 알아주는 사람을 위하여 죽는 법이다. 나를 인정하던 유일한 친구 게가 죽은 마당에 내가 살아 무엇하랴." 이렇게 말하고는 게를 따라 죽고 말았다. 그래서 게의 아내는 게도 잃고 굴억도 잃는 처량한 신세가 되고 말았다.

송남잡지(松南雜識)라는 책에 적혀 있는 이야기이다. 남편을 두고 외간 남자를 흠모한다는 것 자체가 문제 되는 터에 남편을 독살하는 행동을 했다면 그것은 패륜(悖倫)의 극한에 이른 것이다. 그러한 독부(毒婦)에게는 무서운 형벌이 기다려야 할 것인데 죄 없는 남자 하나를 더 죽게 하는 것으로 응징하면서 이야기의 결말을 삼고 있다.

음란이란 무엇이며 불륜이란 무엇인가? 부부의 인연은 어떻게 지켜져야 하는가? 이러한 인간사의 낡은 고민을 이 설화는 희화(戲畵)적으로 처리하면서 문제의 핵심을 피해가고 있다. 우리 조상들의 유머가 얼마나 높은 경지에 있었는가를 알게 하는 좋은 예라 하겠다.

인륜도덕이 사회적 관습에서 형성되는 삶의 유형이라고 사변적인 이론만 농락할 것인가, 앞으로의 세상에서도 여전히 일부일처제와 성적(性的) 순결이 이 세상을 지탱하는 밑바탕임을 신념으로 삼을 것인가. 송남잡지의 해석 설화는 우리에게 이러한 질문을 준엄하게 던지고 있는 것이다.

'사흘 길 하루 가고 열흘 눕는다'

연암(燕巖) 박지원(朴趾源)의 열하일기(熱河日記)에는 진덕재야화(進德齋夜話)라는 이야기 편이 있는데, 거기에 허생(許生)의 이야기도 들어 있다. 남산 묵적골에서 십 년을 기약하고 글 읽기에 여념이 없는 가난한 선비가 아내의 등쌀에 못 이겨 칠 년 만에 책상을 털고 일어나 큰돈을 벌고 도둑의 떼를 몰아다가 이상향도 건설하며, 나라의 재건을 위한 묘책도 건의하지만 종당에는 종적도 없이 표연히 사라진다는 내용을 담고 있다.

여기에 돈 버는 방법 하나가 소개된다. 나라에 필요한 물화(物貨)를 매점매석(買占賣惜)하는 것으로서, 제한된 지역 안에서만 물자가 생산되고 거래될 때에 일어날 수 있는 경제 현실을 꼬집는 것이다.

우리는 이 허생의 이야기를 읽으면서 나라의 땅이 비좁고, 사람들의 생각이 또한 얕아서 무슨 일이거나 마치 접시에 담긴 물처럼 금방 넘치고, 금방 바닥이 나는 현상을 안타까워하게 된다. 부지런을 피우려 들면 이틀분, 사흘분의 일도 하루에 해낸다. 한국 사람은 도급(都給)을 주어야지 일당(日當)을 주었다가는 손해를 본다는 얘기는 노무자들이 스스로 고백하는 말이다.

이렇게 성급한 기질은 경제개발을 단시간에 이룩하는 성과를 거두기도 하지만, 돈 몇 푼 생겼다고 홍청망청 밤새는 줄 모르고 뚱땅거리는 폐단도 아울러 지니고 있다. 국민소득 4천 불 안팎에서 과소비(過消費) 풍조가 논의된 나라는 아마 우리나라밖에 없지 않나 싶다. 이러한 악습도 고치려 들면 또한 하루아침에 털고 일어나 언제 그랬느냐는 듯이 건전한 생활 풍토를 발휘할 수 있으리라는 것은 한갓 부질없는 환상일까?

그래서 옛날 우리 조상들은 목마른 사람이 우물가에서 바가지 물을 퍼마실 때에 여유를 갖게 하기 위하여 나뭇잎을 띄우는 슬기를 보이셨던 것일까? 그러면서 '일찍 단 쇠는 일찍 식느니라.' 이르시며, 무슨 일이건 성급한 행동을 경계하셨던 것일까? 그렇다면 다시 한번 음미해 보아야 할 것 아닌가.

남녀 간의 애정도, 돈벌이도, 글공부도, 그리고 나라의 번영 그 어떤 것도 세월과 함께 무르익어야 함을 가르치기 위하여 마련했던 이 속담을.

'사흘 길 하루 가고 열흘 눕는다.'

‘더부살이가 주인 마누라 속곳 베 걱정 한다’

‘전원일기’ 라는 옴니버스 형식의 텔레비전 드라마가 여러 해에 걸쳐 수백 회에 이르도록 시청자들의 사랑을 받는 까닭은 무엇일까? 사람마다 자기 나름의 대답을 가지고 있을 것이다.

어떤 이는 최불암, 김혜자, 김수미, 고두심, 유인촌 등 탤런트들의 개성있는 연기가 마음에 든다 할 것이요, 또 어떤 이는 양촌 마을의 전체 분위기가 한국 사람들의 마음속에서 점점 사라져가는 고향마을을 연상시키기 때문이라고 대답할 것이다.

그러나 이러한 대답들을 모두 모아 간추린다면 결국 ‘전원일기’ 속에는 한국 사람들이 지니고 있는 기본적인 심성

(心性)이 유감없이 표출되기 때문이라고 말해야 할 것 같다.

그 심성은 농경사회가 필요로 하는 협동생활과 관계가 있다. '공동체의식' 이라는 말로 바꾸어 볼 수도 있다. 이웃 사람들은 단순한 이웃이 아니요, 나의 삶과 직결된 피붙이 이상의 존재들이다. 따라서 이웃집의 희노애락은 이웃집만의 희노애락일 수가 없는 것이다. 그래서 오지랖 넓게 옆집 일에 참견하고 뒷집 일을 근심하며 앞집 일에 팔을 걷어붙이고 나선다. 도대체 '프라이버시' 라는 것은 우리나라 전통사회에서 문제가 되지 않는다.

남의 집 머슴살이하는 주제에 주인집 마누라의 속옷 지을 옷감을 걱정한다는 것은 말도 안 되는 일이다. 주제넘는 일일 뿐 아니라, 속옷이 풍기는 은밀한 이미지 때문에 자칫하면 요상한 스캔들로 번져서 몽둥이 찜질을 당할 수도 있는 일이다. 그럼에도 불구하고 머슴 놈은 주인집 일을 걱정하다가 급기야는 주인마님의 '속곳 베' 까지 걱정하기에 이른다.

물론 이 속담은 자기 분수도 모르고 남의 일을 걱정하는 '주제넘음' 을 풍자하는 말이다. 그러나 이기주의가 팽배하여 나와 나의 가족의 문제 이외에는 냉담한 반응을 보이는 오늘의 세태를 생각한다면 이 '주제넘음'은 이웃을 아끼고 감싸주며 살아왔던 협동의식, 공동체의식을 일깨워준다는 점에서 긍정적인 덕목(德目)으로 재조명된다. 이웃에 대한 애정어린 관심이 없는 사회는 결코 번영할 수 없을 것이기 때문이다.

다시 한번 음미해 보자.

'더부살이 환자(還子) 걱정'

※ 환자(還子) : 조선 왕조 때, 관청에 저장했던 곡식을 봄에 백성들에게 꾸어주었다가 가을에 거두어들였던 일.

'사돈 밤 바래기'

결혼한 남녀의 양쪽 부모들은 자식들로 하여 '사돈' 의 인연을 맺게 된다. 절친한 친구끼리 아들·딸을 서로 혼인시켜 각기 사위와 며느리로 맞이하였더라도 옛날의 그 격의(隔意) 없던 친구 사이는 갑자기 예의를 갖추어야 할 사돈 사이가 된다.

어느 날 한 친구가 다른 친구의 집을 방문한다. 내 딸이 친구의 집에서 며느리 노릇을 잘하는가 궁금하기도 하고, 친구와의 허물없던 옛날 우정이 그립기도 했으리라.

오랜만에 두 친구는 바둑 한판을 마친 뒤, 다담상을 마주한다. 시간 가는 줄 모르고 술잔을 기울이며 이야기를 나누다가 삼경이 넘어서야 헤어질 참이다.

옛날 같으면야 대문 밖에서 '야심(夜深)한데 밤길 조심하게나' 하고 들어오면 그만이겠지만 새아기의 체면도 세워줄 겸, '자네 딸 참 잘 키웠네' 라는 칭찬도 행동으로 표현할 겸, 동구 밖까지 배웅을 나선다.

거나하게 취했것다, 고담준론에 열이 올라 그만 두 사람은 고개 너머 사돈의 집까지 도달하고야 만다. 이야기를 핑계 삼아 자기 집까지 바래다준 저쪽 사돈이 고마워서 친구는 왔던 길을 되짚어 돌아선다.

이렇게 두 사돈은 우정과 예절이 어우러져 서로 바래주다가 밤을 밝히고야 만다.

어른들의 이러한 우정을 지켜보면서 젊은 부부는 무엇을 느끼고 배웠을까? 마주 보면 부부요, 돌아서면 남이라 하였는데, 어찌 젊은 부부 사이에 의견이 엇갈리고 티격태격 다투는 일이 없을 것인가.

그러나 가까울수록 예의를 갖추어야 한다는 어른의 타이르심이 생각나면 이들 젊은 부부는 재빨리 화해의 손길을 뻗쳤다. 그래서 "여보, 내가 과(過)했나 보오, 그만 화내시고 접어 주시구료. 허허" 이렇게 너털웃음으로 눙치는 남편이 되고, 그러면 못 이기는 체 눈을 흘기며 빙긋이 웃어버리는 아내가 되는 것이었다.

'사랑이 크면 증오의 가능성도 커지는 법. 사랑하지 않았다면 미워할 이유도 없지 않느냐. 인간이란 누구나 야누스 신(神)처럼 천사의 얼굴과 악마의 얼굴을 동시에 갖고 있어서 오늘의 애인이 내일의 원수가 된다 해서 무엇이 이상한가.' 이렇게 외치며 이혼 소송에 열을 올리는 현대 사회는 모름지기 '가까울수록 정중하게'를 가르쳤던 속담 – 사돈 밤 바래기 – 의 뜻을 되새겨 볼 일이다.

'성부동姓不同 남이지'

예기(禮記) 예운편(禮運篇)에는 대동론(大同論)이라는 짤막한 글이 들어있다. 이 글은 인류의 궁극적인 목표는 모든 사람이 두루 잘 사는 평화로운 복지사회에 있음을 간명하게 밝히고 있다. 그 첫머리는 다음과 같은 말로 시작된다.

'올바른 도리가 실행되면 온 천하가 공명(公明)하게 되어 어진 사람을 지도자로 뽑고, 능력에 맞추어 일할 자리를 얻으며 서고 믿고 화목하고자 애쓴다.

그러므로 세상 사람들은 어버이를 섬기되 자기의 어버이로서만 섬기지 아니하고, 자식을 아끼되 자기의 자식으로만 아끼지 아니한다. 모든 늙은이가 편안하게 세상을 마치게 하고, 어른들은 부지런히 일하며, 어린이는 누구나 밝고 건강하게 자랄 기회를 누린다. 홀아비, 홀어미, 고아, 신체장애자, 질병으로 신음하는 이 등 외롭고 소외된 이들도 두루 삶의 혜택을 입게 한다.'

2500년 전 옛날에 이미 복지사회의 모습이 어떤 것인지를 말하고 있는 대동(大同)의 이념에는, 현대적 개념의 만민평등과 사해동포주의가 분명하게 드러나 있음을 볼 수 있다. 모든 사람이 한 형제 한 집안이 될 때, 반목(反目)과 질시(嫉視)는 듣지도 보지도 못하는 낱말이 될 것이요, 이웃 간에 담장을 높이 쌓지 않아도 될 것이다.

그러면 이와 같은 고전적인 이웃사랑의 사상이 우리 속담에는 어떻게 표현되어 있을까? '성부동(姓不同)남' 이라는 말을 생각해보자. 글자대로 풀이하면 '성씨(姓氏)가 같지 않으니 남남 사이이다' 라는 뜻이다. 그러나 글자대로 풀이하는 것으로 끝나면 속담이 아니다. 역설(逆說)이나 반어(反語)의 맛이 스며 있어야 속담이 된다. 그러니까 '성씨가 다르니 남이라 하겠지만 사실은 친형제보다 더 친한 사이' 라는 군더더기 뒷말을 빼버린 데에 묘미가 있다.

그렇다면 한 직장에서 일하는 우리들, 한 고장에서 일하는 우리들, 한 나라에서 사는 우리들은 모두 모두 '성부동

남' 이 아닌가? 우리의 옛 선조들은 '대동론' 에서 가르치는 이웃사랑의 교훈을 소박한 속담 '성부동 남' 이라는 한 마디로 압축하는 슬기가 있었거늘…….

속담 2세들

일찍이 함무라비 법전(法典)에도 '요즈음 젊은 사람들은 버르장머리가 없다'는 구절이 들어 있다고 한다. 동서고금을 막론하고 나이 든 사람들은 젊은 사람들을 못 미더워 한다. 팔순 노인이 환갑의 아들에게 길 조심하라고 당부하는 것이 인간의 참모습이다.

만일에 옛날 속담이 근자에 생긴 속담을 보면 무어라고 할까? 틀림없이 너희들도 속담이냐고 근엄한 표정으로 야단을 칠 것만 같다. 그러나 속담이란 보통 사람들이 순박한 심정으로 세상을 바라보는 눈이다. 물론 자기 정당성을 합리화하는 방향으로 표현되는 것이지만 때로는 전혀 사심 없는 비판으로 세상 모습을 폭로하기도 한다.

그런 표현 가운데에는 옛날 속담을 일부 변경한 것들이 있다. 이때 세상을 긍정적으로 보느냐, 부정적으로 보느냐 하는 자세에 따라, 재미있고 즐거운 웃음거리가 되기도 하고 세태 풍경을 날카롭게 꼬집는 칼날이 되기도 한다.

다음 표현들을 보자.

'아니 땐 굴뚝에는 쥐 살기 좋다.'

'백지장도 맞들면 찢어진다.'

'손뼉도 마주치면 아프다 한다.'

이런 것들은 관용어구로 굳은 속담이라 할 수는 없으나 들으면 재미있고 우습다. 자꾸 쓴다면 그런대로 새로운 의미를 만들어낼 수 있을 것 같다. 이러한 기존 속담의 변개 현상을 놓고, 현대인의 발랄한 재치에 찬사를 보내느냐, 경망한 짓거리라고 비난을 하느냐 하는 것은 사람마다 다를 것이다.

다음과 같은 표현들은 어떤가,

'오는 말이 거칠어야 가는 말이 곱다.'

'남녀 칠세 지남철'

'장부일언이 풍선껌'

위압적인 분위기가 으스스하게 감돌던 세상, 남녀 간의

성 윤리가 무너져가는 세상, 사회에 책임 있는 지도급 인사들이 거짓말을 떡 먹듯 하는 세상. 거기에 항거하는 수단으로 보기에는 한없이 나약하게 보이기는 하지만 그래도 이런 말들이 세상을 올바로 이끌고자 하는 서민들의 함성(喊聲)임을 우리는 알아야 할 것이다.

'제 갖에 좀 나듯'

제6공화국이 시작된 뒤로 민주화의 물결을 타고 산업계에 불어닥친 열풍은 근로자들이 임금 인상을 주장하면서 벌이는 여러 가지 모습의 파업들이다. 자본주의 체제하의 산업구조에서 자칫 잘못 생각하면 근로자들은 사용자들의 돈벌이에 이용당한다는 피해의식을 가지기 쉽고, 한편 사용자들은 마치 근로자들의 상전(上典)이나 된 것으로 착각할 수 있다.

그래서 파업은 극한투쟁으로 번지고 노사관계는 서로 원수가 된 것 같은 적대(敵對) 감정으로 발전한다. 그러나 분명한 사실은 사용자와 근로자는 계약으로 맺어진 평등한 사이이지 결코 누가 누구를 지배하는 상하관계가 아니라는 점이다. 근로자나 사용자는 하는 일이 다를 뿐 다 같이 같은 배를 타고 있는 공동운명체의 구성원들이다. 우리나라의 경제발전에 어두운 그림자를 던진다고 걱정하는 소리가 들릴 때마다 생각나는 속담이 있다. '제 갗에 좀 난다', '자피생충(自皮生蟲)', '제 언치 뜯는 말(馬)' 같은 것들이다.

자기 살갗에 좀이 생기면 얼마 안 가 살갗은 좀이 먹어버려 없어지게 되는데, 그러면 결국 좀의 생활 터전도 잃게 되니, 드디어 살갗도 없어지고 좀도 죽어버리는 비극에 이른다. '언치'는 말 안장 밑에 말의 피부를 보호하기 위해 얹어놓은 모포(毛布) 조각이다. 똑똑한 말은 언치를 물어뜯지 않는다. 언치가 해어지면 자기만 손해를 보기 때문이다.

형제간에 서로 헐뜯고 싸울 때, 친척끼리 흉을 보며 해치고자 할 때, 손해를 입는 사람은 누구이고 이익을 얻는 사람은 무엇인가? 삼척동자라도 알 일이다. 아무도 이득을 보는 사람은 없다.

그런데 이 세상에는 어쩌자고 '누워 침 뱉기', '소경 제 닭 잡아먹기' 같은 쟁의(爭議)와 파업이 꼬리를 물고 있을까? 알맞은 선에서 해결점을 찾아내는 화해(和解)의 슬기는 가질 수 없는 것일까?

꼭 누군가가 죽어서 억울한 영혼이 유가족들의 서러운 가슴에 멍울로 남아야만 찔끔 물러서는 바보들을 일깨우기 위하여 우리 조상들은 일찍이 '제 갗에 좀 나듯' 이라는 속담을 마련하였건마는…….

'난 거지 든 부자'

옛날 우리나라의 '거지'는 단순한 비렁뱅이가 아니라 일종의 풍류객이었다. 다 찌그러진 벙거지에 귀 떨어진 쪽박을 들고 한 쪽 바짓가랑이는 걷어붙이고 다른 쪽 가랑이는 늘어뜨린 채 숟가락 장단에 맞추어 각설이타령을 구성지게 부르던 모습을 연상해 보자.

원래 그들은 방랑 기질이 있는 사람이거나 어떤 사정으로 씨족이나 부족 공동체에서 쫓겨난 사람들인데, 흉년이 들어 어쩔 수 없이 구걸 행각을 벌이면서 형성된 집단이다. 그러나 그들은 각설이 타령이라는 노래를 부르고 출연료의 형식으로 양식이나 용돈을 얻은 것이니까 일종의 연예인이요, 직업인이라고 해야 옳을 것이다. 그러므로 거지라고 해서 반드시 멸시와 천대의 대상이 되었던 것은 아니다.

'난 거지, 든 부자' 라는 속담은 외출했을 때에는 거지이지만 거처하는 집에 들어갔을 때에는 부자와 마찬가지로 부족함이 없다는 의미를 갖고 있다. 물론 '난 부자, 든 거지' 라는 속담도 있다. 겉으로는 부자 행세를 하지만 실속은 형편없는 사람을 꼬집을 때 쓰는 말이다. 이렇게 보면 이 세상에 누가 거지이고, 누가 부자인지 알 수가 없다.

삼국유사(三國遺事)에는 거지로 말미암아 죽음에 이른 스님의 이야기가 있다. 정수(正秀)라는 스님은 깊은 겨울날 아기를 낳고 얼어 죽게 된 거지 여인을 불쌍히 여겨 자기 옷을 벗어 입히고 자기는 알몸으로 절에 돌아와 볏짚으로 몸을 가리고 그 밤을 지냈는데 이 사건이 조정에 알려져서 국사(國師)에 책봉되기에 이른다.

그러나 자장율사(慈藏律師)는 귀족의 신분으로 중이 되어 당나라에 유학하고 돌아와 통도사(通度寺)를 창건하고 불법을 널리 펴서 명성과 위세를 온 나라에 드날렸으나 만년에 자기 절에 찾아온 늙은 거지를 미친 놈이 아니냐고 내쫓은 일이 별미가 되어 목숨을 마치게 된다. 그 늙은 거지는 변장한 부처님의 현신이었다는 것을 뒤늦게 알고 자책과 회한의 나날을 보냈기 때문이었다.

조심할 일이다. 요즈음에도 우리들 앞에 거지로 보이는 사람은 사실은 아무 때라도 맞돈으로 거래할 수 있는 실력자요, 혹은 하느님이 보낸 행운의 전령사(傳令使)인지도 모를 테니까….

‘사모 쓴 도둑놈’

‘왼손이 하는 일을 오른손이 모르게 하라’ 는 말은 개인의 선행(善行)이 겉으로 드러나지 않아야 선행으로서의 값이 인정된다는 것을 가르치는 성경 말씀이다.

그와 같은 논리는 정치권력에도 적용된다. 위정자의 힘이 백성들의 생활과 아무 관계도 없는 것 같아야 비로소 참다운 정치가 실현된 것이라 하겠다.

‘해 뜨면 일하고, 해 지면 쉬면서 우물 파마시고, 밭 갈아 먹으니 임금이 우리하고 무슨 관계요?’ 라고 읊었다는 중국 고대의 격양가(擊壤歌)는 정치의 이상(理想)이 어디에 있는가를 일깨워 준다.

그러나 어느 세월, 어떤 사람이 과연 격양가를 느긋하게 읊으며 법을 모르고 살아왔던가?

옛날 공자님이 제자들과 함께 태산을 넘어가고 있었다. 매우 험한 산길이었다. 어디에선가 여인의 구슬픈 울음소리가 들렸다. 가까이 찾아가 보니, 한 여인이 무덤 앞에서 흐느껴 우는 것이었다. 공자님은 제자를 시켜 연유를 물었다.

"오래전에 저의 시아버님이 호랑이에게 물려 죽었습니다. 얼마 후엔 저의 남편도 물려 죽었는데, 이번에는 아들마저 물려 죽었습니다."

"왜 마을에 나가 사시지, 이렇게 무서운 곳에서 사십니까?"

"아닙니다. 여기서는 나으리들이 매긴 세금에 시달리지는 않습니다."

이 말을 들으신 공자님은 탄식하듯 제자들에게 말씀하셨다.

"잘 알아두어라. 가혹한 정치가 호랑이보다도 무섭다는 것을…"

그런데 요즈음 세상은 세금을 피하여 도망가 살 곳도 없으니 부득이 법을 다루는 사람들을 도둑놈으로 생각하는 풍조가 나타나게 되었다. 하기야 법을 제대로만 운용한다면 그럴 리가 없으련만…

'사모(紗帽) 쓴 도둑놈' 이라는 예스런 속담이 '장(長)자 붙은 놈과 교통순경은 허가 낸 도둑놈들' 이라는 신형 속담으로 이어지면서 이른바 '정치 도둑들' 에 대한 백성들의 비뚤어진 심사는 고쳐지지 않고 있다.

권력을 쥔 사람이 은근한 소리로 으름장을 놓아 '무슨 재단' 이니, '무슨 연구소' 니 하는 것을 만드는 일이 없어야 '허가 낸 도둑놈' 이라는 불명예스러운 속담도 옛말로 사라져버릴 터인데….

'황정승댁 치마 하나 세 모녀 돌려 입듯'

세종대왕 시절 명 재상으로 이름을 떨친 황희(黃喜) 정승의 인품과 청빈에 관한 이야기들은 오늘날 명리(名利)에 눈이 어두운 사람들에게는 진실로 하찮은 잠꼬대로 들릴 것이다.

'황정승 댁 치마 하나 세 모녀가 돌려 입듯' 이렇게 4 · 4조로 짝을 맞추어 읊게 되는 이 속담은 옷 하나를 가지고 여럿이 나누어 입을 때에 그 마음의 여유를 칭송하던 말이다.

얼마나 무섭게 가난하였던가. 황정승 댁에 손님이 찾아오면 그 부인이 나와 손님께 인사하고 물러갔다. 정승이 다시 큰딸과 작은딸을 차례로 불러 인사를 시키는데 큰딸이 입고 나온 치마는 조금 전에 어머니가 입었던 것이었고, 또 작은

딸이 나왔을 때에도 여전히 같은 치마를 입고 있었다.

세 모녀가 같은 천으로 치마를 해 입은 것이라고 속단을 해서는 아니된다. 그때 황정승 댁에는 손님 앞에 입고 나설 수 있는 치마가 한 벌 밖에 없었기 때문이다.

황정승이 이처럼 궁핍하다는 사정을 짐작한 상감께서 어느 날 명을 내렸다. "오늘 남대문 안으로 들어오는 진상품은 모두 황정승 댁으로 보내도록 하라."

그런데 그날은 마침 하루 종일 비가 내려서 진상바리가 하나도 없더니 저녁 무렵에 달걀 한 꾸러미를 들고 남대문을 들어오는 백성이 있는지라, 그것을 황정승 댁으로 보냈다 한다.

그러나 어이하랴, 그 달걀은 공교롭게도 모두 곯은 것이어서 정승댁 식솔들은 그야말로 좋다 만 꼴이 되었다. '계란유골(鷄卵有骨)' 이란 한자 속담은 이렇게 하여 생긴 것인데, 이때에 뼈 골(骨)자가 쓰인 것은 '곯았다' 는 말의 첫소리를 발음만 취하여 쓴 것이다.

이렇듯 숙명적인 가난 속에 살던 황정승이었지만 말년에 지은 다음 같은 시조를 보면 그분의 정신적 풍요가 얼마나 호방했던가를 헤아려 볼 수가 있다.

'대추볼 붉은 골에 밤은 어이 떨어지며

벼 벤 그루에 게는 어이 내리는고

술 익자 체 장수 돌아가니 아니 먹고 어이리.'

5공 비리의 울타리 안에서 수십억, 수백억 원 부정을 저지른 사람들은 진작에 황정승의 막걸리를 한 사발쯤 얻어 마셨더라면 좋았을 것을…….

'말똥에 굴러도 이 세상이 좋아'

유식한 한자로 '전분세락(轉糞世樂)' 이라는 말이 있다. '말똥에 굴러도 이 세상이 좋다' 는 속담을 일컫는 말이다.

인생살이가 고통의 바다요, 슬픔의 수풀이라 할지라도 세상의 삶을 긍정적으로 바라보고 적극적으로 살겠다는 의지의 표현이다. 아무리 고생스러워도 죽는 것보다야 사는 재미가 더 크지 않느냐는 여유 있는 자세가 그 말속에서 은은히 배어 나온다. 그만큼 느긋한 마음으로 여유를 두고 산다는 뜻이다.

무엇보다도 이런 속담은 일상생활에서 흔히 사용하는 평범하고도 비속한 말로 부담없이 쓰기 때문에 더욱 좋다. 도통(道通)한 스님이 함부로 욕지거리를 내뱉어도 그것이 조금도 천박하다거나 야비하다는 느낌이 들지 않는 것처럼, 속담에는 천박한 낱말이 들어있지만, 그것이 천하게 느껴지는 것이 아니라 오히려 천금(千金)의 값으로 우리를 무섭게 가르친다.

'똥 친 막대기' 라는 말은 천하고 더러워서 보잘것없는 물건을 이르는 말이다. 그런데 다음 이야기와 대비하여 보자.

어떤 스님의 운문(雲門)이란 스님에게 물었다. "어떤 것이 부처입니까?" 운문이 대답하였다. "똥 묻은 마른 막대기니라."

불교에서 가르치는 이런 교훈을 알고 있는 우리 조상들은 '똥 친 막대기' 라는 말을 단순히 천하고 더러워서 내버릴 것이라는 뜻으로만 받아들일 수는 없었다. 그것은 쓰이는 상황에 따라 단순한 나무토막이 되기도 하고 고귀한 부처님으로 변신하기도 한다.

'청보(青褓)에 개똥' 이라는 말은 어떤가? 하잘것없는 더러운 물건을 깨끗한 포대기에 쌌다는 말이니, 값진 그릇 속에 담긴 허섭스레기라는 뜻임에 틀림없다. 흔히 잘생긴 용모에 형편없는 인품을 빗대어 쓴다.

그러나 천리마(千里馬)가 비루 먹어도 그것이 준총(駿驄)인

줄 아는 사람은 비싼 값에 사가는 법이니, 청보에 싸인 개똥을 단순한 개똥으로만 생각하는 사람은 아직 속담의 진수(眞髓)를 모르는 사람이다. '개똥도 쓰일 나름' 이어서 어느 날 갑자기 고귀한 보물로 바뀔런지도 알 수 없기 때문이다.

언어생활과 언어예절

사전에 없는 낱말

올바른 언어문자생활을 위하여 깊이 생각하고 노력하는 분들이 많다는 것은 민족문화의 건전한 발전을 약속하는 아름다운 조짐이라고 생각된다. 며칠 전에는 어느 시골 초등학교 교사로부터 다음과 같은 편지 한 통을 받았다.

"… 제가 우연히 읽게 된 책에 문제점이 있는 낱말이 있어서 이 글월을 드립니다. 서양 사람의 저서를 번역한 것이었는데, 책 표지에 '감역 아무개' 라고 적혀 있었고, 책의 끄트머리에는 '감역을 마치고' 라는 글이 발문의 형식으로 들어 있었습니다. 저는 '번역' 이 아니라 '감역' 이라고 되어 있는 점이 수상쩍어서 '감역을 마치고' 를 읽어 보았습니다.

거기에는 다른 사람이 번역한 것을 감수(監修)하였다는 내용이 있었습니다. 저는 그때에야 '번역도 감독을 하는구나' 하는 것과 '그 감독자가 번역자를 대신하여 이름을 낼 수도 있구나' 하는 것을 알았습니다. 그리고 우리말 사전을 찾아보았더니 '감역(監譯)' 이라는 어휘 항목을 찾을 수 없었습니다. 그래서 이 글월을 드립니다. 사전에도 없는 낱말을 그렇게 함부로 쓴다면 우리들의 어문생활은 어찌되는 것입니까? 선생님의 의견을 듣고 싶습니다."

나는 이 편지를 받고 아직까지 회답을 드리지 못하고 있다. 왜냐하면 그분은 '감역' 이라는 낱말의 뜻을 몰라서 묻는 것도 아니고, '감역' 이라는 새 낱말을 만들어 사용할 수도 있다는 사실을 몰라서 묻는 것도 아니었기 때문이다. 짐작하건대, 그분은 실제로 번역한 사람이 비록 번역 실력이 부족하여 다른 사람의 도움을 받았더라도 원래의 번역자 이름을 밝혀야 마땅한 일인데, 그렇게 되지 않은 것에 대해 일종의 분노 같은 것을 느끼지 않았나 싶다. 그렇다면 감역을 했다는 당사자에게 편지를 보내야 했을 것이다. 나는 그 편지의 내용을 상상해 보았다.

"여보시오, 사전에도 없는 새 낱말은 아무나 쓰는 것인 줄 아시오? 그것은 적어도 덕망이 있고 유능한 작가가 새로운 표현을 창조할 때에 자연스럽게 만들어지는 것이오. 일반 언어 대중들은 그런 낱말이 생길 수밖에 없었던 필연성에 공감할 때에만 사용할 수 있는 것 아니겠소? 아마 손아랫사람에게 힘든 번역을 시킨 모양인데, 그 번역을 한 사람의 이름은 왜 밝히지 않는 것이오? 번역자가 당신의 제자이거나 학생이라 해도 그런 태도는 부당하기 짝이 없는 것이오. 당신이 스스로 번역을 한 것처럼 '번역 아무개'라 하지 않은 것을 그래도 양심적이라고 보아 줄까요? 정신문화활동에 당신의 짓과 같은 난폭행위가 지속되지 않기 위해서 충고의 글을 쓰는 것이니 깊이 반성하셔서 앞으로는 밝고 깨끗한 문화풍토가 정착되도록 힘을 보태주시오. 부탁이오."

이렇게 쓰고 싶었던 것은 아닐까? 그러나 그분은 감역자에게 편지를 보내지 않고 우리말을 공부하고 가르치는 나같은 사람에게 가벼운 푸념의 형식으로 글월을 보냈다. 그분의 완곡한 표현방식과 고운 마음씨가 고맙기 그지없다.

세상 사람들의 약점이 되는 아픈 상처를 직접 건드리지

않고 그 아픔을 고칠 수 있다면 그것처럼 좋은 일이 어디에 있겠는가? 그래서 그분은 나를 선택하여 사전에 없는 낱말을 만들어 쓴다는 것이 얼마나 외람된 일인가를 넌지시 세상에 알리려고 하였다. 나도 또한 그분의 방식을 흉내내어 이렇게 글을 쓰지만 내 경우는 그분의 고운 마음씨를 세상에 널리 알리고 싶은 욕심 때문이니까 그분이 이 글을 보면 고만 어처구니없다는 듯 허허 웃고 말 것이다.

사골탕, 그리고 갈비와 도가니

일상생활에서 범상하게 보아 넘기기 때문에 잘못 알고, 잘못 쓰는 낱말이 얼마나 많은가를 깨닫고 조심하는 사람은 그렇게 많지 않을 것이다. 며칠 전, 오랜만에 고향 친구를 만나 점심을 같이 하였다. 우연히 알게 된 집인데 음식 맛이 각별하다면서 인도한 곳은 '사골탕' 이라는 것을 전문으로 하는 뚝배기 집이었다.

"자네, 이렇게 맛있는 사골탕을 먹어본 적 있어? 사골이라 하면 넉사(四)에 뼈 골(骨)일 터인즉, 네 가지 뼈를 골고루 넣은 곰국이라는 뜻 아닐까?" 이렇게 묻더니 내 대답도 기다리지 않고 "아마, 머리 · 등 · 다리 · 꼬리쯤 되지 않을까?" 하고 대답을 하는 것이었다.

"그렇게 자기가 묻고 대답하려면 묻긴 왜 물어?" 이렇게 나는 웃으며 대답하는 수밖에 없었다. 모처럼 만나서 즐겁게 사골탕을 얻어먹는 자리에서 '사골은 네 개의 소 다리만을 가리키는 것' 이라고 아는 체를 할 수는 없었기 때문이었다. 그러나 소뼈가 화제에 오른 것을 기회로 삼아 뼈에 얽힌 내 경험 하나를 이야기하게 되었다.

"소가 사람에게 유익한 동물이란 것은 두말할 필요도 없는 일인데 말야. 그처럼 유익하고 친숙한 소 덕분에 인간의 품격이 떨어지는 경우가 생긴다면, 자네는 소에 대해 어떤 감정을 가지겠나?"

나의 서론은 사뭇 거창하고 진지하였다.

나는 지난 음력 칠월 칠석날에 십오 년 전에 돌아가신 나의 장모님을 이장(移葬)하였다. 무덤을 파헤치고 탈골(脫骨)이 된 뼈를 하나하나 조심스럽게 걷어 올리는 작업은 임종을 하지 못해 늘 죄의식을 지니고 있던 아내에게는 그 죄스러움을 씻어내는 정서적 예식이기도 하였다. 뼈마디가 차례차례 올라왔다. 그때마다 그것은 돌아가신 분이 생전에 우리에게 남겨 주신 말씀과도 동일시되었고, 혹은 돌아가신 분과 함께 했던 추억의 마디들과도 동일시되어, 우리들 자

손은 백지 위에 다시 조립되는 유골이 마치 '타임머신'을 타고 찾아온 스무 해 전 살아 예실 적의 장모님인 양 정겨워하였다. 나의 아내는 생전의 어머니에게 하듯 "팔이 잘못 놓이면 불편하시겠지? 머리도 편안하게 눕혀 드려야지." 하면서 뼈마디들을 쓰다듬었다.

그때, 작업을 하던 일꾼 한 분이 혼잣소리처럼 중얼거렸다.

"갈비는 다 나온 것 같은데 도가니가 하나 안 보이네."

이 말을 듣는 순간, 소뼈에 대하여 붙이던 그런 명칭과, 그것들로 만든 음식이 연상되어 고만 돌아가신 분께 송구하다는 생각이 번개처럼 내 가슴을 때렸다. 나는 짐짓 못 들은 척하며 먼 산을 올려다 보았다. 나의 아내도 나와 같은 느낌이었던 것 같다.

"여보, 날씨가 좋아서 작업하여 모시기가 참 수월하네요." 이렇게 딴청을 피웠다. 그러나 결국 성미 팔팔한 내 딸아이가 한마디 하는 통에 그 말이 표면화하고야 말았다.

"아저씨, 그렇게 말씀하시면 우리 할머니께 불경(不敬)스러운게 되지 않아요? 자손들을 보아서 예의를 갖추어 말조심을 하시는 게 이런 일에 종사하시는 분들의 기본 도덕 아니에요?"

핀잔을 듣고 난 후에야 일꾼들은 '도가니'를 '무릎관절'이라 바꾸어 불렀고, '갈비'를 '늑골뼈'라 고쳐 불렀다.

이제야 알 것 같다. 우리나라 옛날 어른들이 동일한 사물에 대하여서도 경우에 따라 존대의 표현이 되는 낱말을 따로 마련해 두었던 이유를.

'문화'의 의미 한계

며칠 전 신문에는 일본의 폭력배들이 그들의 조직망을 넓히며 한국에까지 진출했다는 기사를 다투어 실었다. 그런데 거기에는 커다란 활자로 '폭력문화(暴力文化) 전염'이라는 제목이 붙어 있었다. 언제부터인지 '향락산업'이니 '퇴폐문화'니 하는 말이 쓰이더니 이제는 '폭력'에도 '문화'라는 낱말이 따라 붙게 되었다.

나는 평소에 '향락산업'이라는 말은 향락을 부추겨 돈벌이를 하는 것을 나타내는 말이니 '향락 돈벌이'라 하고, '퇴폐문화'는 역시 퇴폐를 조장하는 사회 분위기를 뜻하는 것으로 보아 '퇴폐풍조' 정도로 쓰면 좋겠다는 생각을 해 오던 터라 '폭력문화'라는 활자를 보자 울컥 울화가 치밀었다. 신문에 쓰이는 용어는 시사성(時事性)이 있는 것이라 한 두 번 쓰이다가 사라지는 수가 있기는 하지만 아무리 그렇더라도 '문화' 라는 말 앞에는 '퇴폐' 는 물론 '폭력' 도 올 수 없는 것 아닌가 하는 생각을 하다가 우선 우리말 사전을 찾아보기로 하였다.

〈문화 명 ① 인지(人智)가 깨고 세상이 열리어 밝게 됨 ② 권력이나 형벌보다도 문덕(文德)으로써 가르쳐 이끌음 ③ 인간이 자연상태에서 벗어나 일정한 목적 또는 생활 이상을 실현하려는 활동의 과정 및 그 과정에서 이룩해 낸 물질적 · 정신적 소득의 총칭. 특히 학문 · 예술 · 종교 · 도덕 등 인간의 내적 정신활동의 소산을 말함.〉

이러한 사전의 뜻풀이에 따른다면 '문화' 는 적어도 도덕적 선(善)을 추구하려는 인간의 의지가 반영되어 있다. 따라서 그것은 궁극적으로 긍정적 가치 평가를 할 수 있어야 한다. 말을 바꾸어 보면 '문화' 는 사회가 허용하는 윤리적 테두리 안에서 새로운 정신적 가치를 창조함으로써 기쁨을 누리고자 하는 일체의 행동양태라고 포괄적으로 규정할 수 있을 것이다. 그러니 의식주(衣食住)와 관련된 생활 전반의 어떤 소재의 낱말도 문화 앞에 놓일 수가 있다. 저고리 문화, 신발 문화, 김치 문화, 된장 문화, 벽돌 문화, 종이 문화, … 이렇게 늘어놓다 보면 안 되는 말이 없을 것 같다. 그러나 '퇴폐' 와 '폭력' 은 곤란하다. 만일에 '퇴폐문화' 와 '폭력문화' 라는 말이 부담없이 받아들여진다면 그다음에는 '범죄문화', '살인 문화' 라는 말도 괜찮은 말이 될 것이다. 그렇게 될 때에는 '문화' 라는 낱말의 뜻풀이도 달라져야 하고, 사전을 고쳐 써야 할 것이지만, 그러기 전에 이미 이 세상이 '폭력' 과 '퇴폐' 로 말미암아 몰락하고 난 뒤일 것이므로 사전을 고쳐야 할 고민을 하지 않아도 좋을 것이다.

우리들, 말〔言語〕을 다루어야 하는 사람들은 무엇보다도 언어에 대해 깊은 경외심을 지녀야 한다. 명의(名醫)는 병을 잘 고치는 의사를 말하는 것이 아니라 치유(治愈)의 최종 마무리는 하느님 손에 있음을 깨닫고, 환자와 더불어 겸허하게 하느님 앞에 무릎을 꿇는 사람을 일컫는다 한다. 훌륭한 학자는 지식이 풍부하고 저술을 많이 한 사람을 가리키는 것이 아니라, 인격의 완성만이 학문적 업적과 교육적 성과를 판가름하는 궁극의 도달점임을 인식하면서 영원한 학생이기를 자처하는 사람을 뜻하는 것이라 한다.

이러한 논법으로 말한다면 바람직한 언론인은 무어라 하면 좋을까? '무관(無冠)의 제왕(帝王)' 이라는 낡은 표현은 지나간 시대의 전제군주를 내세움으로써 권력지향의 냄새를 풍기니 사양할 것이고, '민중의 목탁' 이라는 말도 일반 대중을 앞장서서 이끌어 간다는 구시대의 계몽주의 사상을 반영하기 때문에 좋아하지 않을 것이다. 그렇다면 그들은 단지 "언론이 '폭력' 으로 변하지 않기를 염원하는 겸손한 '문화인' " 이라 할 수 없을까?

말버릇·말장난·말놀음

오늘날의 기성세대는 대개 집안 어른들의 '잔소리' 라는 것을 통하여 가정교육을 받았다. 당장은 듣기 싫은 소리요, 또 때로는 말뜻도 분명히 모르는 것이어서 '잔소리' 라 하지만 실은 그것이 "약(藥)" 이요, "힘(力)" 이라는 것을 자라면서 깨닫게 마련이었다.

내가 어려서 자주 듣던 잔소리는 "신언서판(身言書判)이 반듯해야지." 한다든가. "신언서판이 사람을 알아보는 첩경이니라." 하는 말씀이었다. 그것은 몸가짐이나 말하기에 각별한 조심을 당부하는 것이라고 막연히 이해하고 있었다.

코흘리개 시절부터 이런 위압적인 수신(修身)교육을 받았으니 친구들 틈에 끼어 재치있는 농담 한마디 못하는 것은 당연한 일인지도 모른다. 그렇다고 남들의 해학적인 말솜씨에 웃지도 못하는 꽁생원은 아니지만 농담이나 말장난이 정도에 지나치다 싶으면 심기(心氣)가 불편해지는 엄격주의자라는 것 또한 속일 수가 없다. 그래서 내 기준에 의하여 지나치다고 생각된 오늘날의 말쓰임 세 가지를 고발하라면, 첫째는 헤픈 말버릇이요, 둘째는 뒤틀린 말장난이요, 셋째는 현학적(衒學的)인 말놀음이다.

'헤픈 말버릇'은 주로 보도 해설을 직업으로 하는 분들이 빠지기 쉬운 함정이다. "막 시작되기 직전입니다." 한다든가, "둘 다 3백 20점으로 거의 비슷합니다."라는 표현을 거침없이 내뱉는다. 준비된 원고가 없이 순발력을 발휘해야 하는 현장 중계에서 무슨 말이건 쉬지 않고 꾸며대야 하는 긴박한 사정은 충분히 이해된다.

그러나 정말로 조심할 일은 차라리 잠시의 침묵으로 불안한 휴식을 줄지언정 아무 말이나 토설하여 시청자의 언어감각을 마비시켜서는 안 될 것이다.

'뒤틀린 말장난'은 웃기기를 직업으로 하는 익살꾼(개그맨)이나 우스개꾼(코미디언)들이 빠지기 쉬운 함정이다. 우스꽝스러운 표정이나 몸차림을 뺀다면 이야기가 되지도 않는 말을 주고받는 경우가 많아서 우습기는커녕 오히려 어색하고 민망할 때가 많은 것은 논외로 덮어 주자. 우리가 그들의 말재롱에 파안대소하는 때는 대체로 인간의 해맑은 심성을 바탕으로 했을 때이다. 지난해 언제인가 잠시 인기를 끈다 하더니 세상에 빈축을 사고 사라진 이야기 쇼(토크쇼)의 사회자 자니 무언가 하는 분은 은밀한 사석에서나 할 수 있는 음담패설을 거침없이 브라운관 속에 쏟아붓기도 했었다. 전파매체를 통하여 세상에 독(毒)을 뿌린 격이었다.

'현학적인 말놀음' 은 공부 많이 한 사람, 지도층에 있는 분들이 빠지기 쉬운 함정이다. 처음부터 속여 먹기로 작정을 하고 덤비는 못된 정치인들의 수사적(修辭的) 기교는 역시 논외로 한다. 오히려 고뇌에 찬 양심적인 말일 때에 문제가 되는 것이다.

얼마 전 어느 원로학자는 텔레비전 신춘대담에서 '마음을 비운다.' 는 말이 대단히 위험한 표현이라고 꼬집었다. 왜냐하면 마음은 언제나 어떤 사념이나 의지로 채워지게 마련인데, 마음을 비운 다음에 청정심(淸淨心)과 공의심(公義心)으로 만드는 것이 아니라 탐욕(貪慾)과 사심(私心)을 채우기 위하여 '마음을 비운다' 고 말하는 것 같다고 개탄하였다.

이 말씀은 물론 지도층 인사들의 잘못된 마음가짐을 공격하기 위하여 사용한 말씀이지만 '마음을 비운다'는 표현의 일상적인 의미를 부정하고, 지나치게 깊은 분석을 함으로써 의미 해석에 혼란을 일으키게 하였다. '마음을 비운다'는 말은 언제까지나 청정(清淨)과 공의(公義)에 바탕을 두고 있어야 할 것 같다.

얼마나 말하기가 조심스러운가! "말하고 살기가 살얼음 밟기 같다." 하신 어린 시절 어른들의 말씀을 그리워하면서 나는 오늘도 여전히 우리 집 아이들에게 눈총 받을 잔소리를 준비한다. "신언서판이 반듯해야지!"

우리말 학술용어가 자리 잡지 못하는 까닭

미국에서 공부하고 돌아온 자연과학도들이 나에게 들려준 농담 한마디.

"우리들이 한국에서 공부할 때 하고, 미국에서 공부할 때의 가장 큰 차이가 무엇인지 아세요?"

"글쎄, 미국에선 영어를 쓰고, 한국에선 한국말을 쓰는 것이겠지 뭘."

"천만의 말씀이에요. 영어 단어에다 우리말 토를 붙이는 것은 한국에서나 미국에서나 똑같은 말버릇이고요. 다만 다른 것이 있다면 미국에선 시험 답안지에 알파벳으로 이름을 적고, 한국에선 한글로 적는 정도가 다른 것이랍니다."

이 이야기는 새롭게 발전하는 자연과학 분야의 전문용어가 우리말로는 거의 표현되지 않는다는 사실을 밝히고 있다.

하루가 다르게 발전하는 선진 과학의 첨단적인 학술용어가 우리말로 적절하게 표현할 수 없다는 것은 당연한 현상이라고 생각할 수도 있다. 그러나 민족문화의 토대를 든든하게 다지려면 첨단과학의 학술용어라 할지라도 끊임없이 우리말로 바꾸는 작업을 해야 한다. 지난 반세기 동안 우리는 그러한 서양 말의 번역에 게을렀기 때문에 지금 외래어 남용이라는 언어의 오염 상태에서 헤어나지 못하고 있는 것이다.

전문용어가 아니면서도 언론매체나 지식인들이 즐겨 쓰는 유행어 몇 개를 검토해 보기로 하자.

'노하우' : 고도의 기술정보 시대에 새로운 제품을 생산하는 방법, 기법, 또는 비법(秘法)을 뜻하는 것 같다. 영어의 know how(어떻게 하는가를 알다)에서 온 것으로 일본 사람이 즐겨 쓰는 국적 불명의 유행어이다. 쉽게 말하여 '방법' 이요, 기교를 부려 표현해 보았자 '비밀스런 기술' (비술

: 秘術) 정도면 될 것을 '노하우'라고 고집하여 쓸 이유가 있는지 모르겠다.

'바코드' : 상품의 국적과 품명과 가격을 표시하는 막대기 부호(bar code)이다. 공장에서 재고를 파악하거나 큰 상점에서 여러 가지 물건값을 합산할 때에 전산기는 이 부호를 빠른 속도로 읽어내기 때문에 우리나라에서도 그 이용이 확산되고 있다. 영어가 정착하기 전에 '막대 부호'라는 우리말이 통용되었으면 좋겠다.

'엠브이피(M.V.P.)' : 체육계의 용어로서 '가장 값나가는 사람(most valuable person)'의 머리글자를 모은 영어 낱말이라고 한다. 영문학을 하는 내 친구도 고개를 갸웃거리던 낱말인데 신문의 체육란에는 하루가 멀다 하고 사용된다. '최우수 선수'라는 아주 좋은 우리말을 두고도 꼭 영문으로 M.V.P.라고 적어야 국제체육계에서 낙오가 되지 않는 것인지 모를 일이다.

이런 식으로 검토해 보면, 지금 우리가 당장이라도 버려야 할 외국어 낱말은 엄청난 숫자에 이를 것이다. 그러나 그러한 낱말들을 찾아내어 정리하는 작업을 펴기 전에 먼저 해야 할 일이 한 가지 있다. 지식인들이 지녀야 할 건전한 국어 의식이다. 민족 언어 자산을 메마르게 하는 헤벌어진 국어 의식을 가진 지식층이 있는 한 국어순화니, 국어의 발전이니 하는 것은 기대할 수가 없기 때문이다.

며칠 전 텔레비전에서는 새로이 재상으로 인준될 것이라는 정부의 높은 분이 다음과 같은 실수를 의젓하게(?) 범하고 있었다.

> "그것이 모두 국민들의 포켓에서 나오는 것 아닙니까? … 생산 코스트가 높아지니까 물가가 오르는 것이고…."

그분이 '주머니'나 '비용'이라는 우리말을 몰랐을 리는 없다. 문제가 있다면 그분이 평소에 얼마나 국어사랑에 관심을 쏟고 있었느냐에 있을 것이다. 정부 차원의 국어정책에 기대를 갖고 있던 분들은 새 재상감의 텔레비전 대담을 들으면서 얼마나 서운하였을까?

날말의 낯가림

사람들은 대체로 낯을 가린다. 그것은 친숙한 이웃끼리 어울리고자 하는 사회적 현상의 하나이다. 유유상종(類類相從)이라는 말도 낯가림의 또 다른 표현이다. 순박한 어린이일수록 더 많이 낯을 가린다. 수줍어하기 때문인데, 이 수줍음을 긍정적으로 해석한다면, 동질적인 집단 안에서의 친화력이 이질적인 집단에 대해 거부반응을 보이는 것이라고 할 수 있다. 젖먹이 어린이들은 이 낯가림이 더욱 심하다. 낯선 사람은 대면할 수도 없을 만큼 어리고 순수하기 때문이다. 그러니까 순수하면 순수할수록 낯가림은 심해진다.

인간의 성숙은 이 낯가림의 한계를 극복하고 어울림의 폭을 넓혀 가는 일인지도 모른다. 그러나 낯가림을 이겨 낸다고 해서 무분별하게 아무하고나 어울리는 것은 아니다. 취향이 다른 사람, 이념이 다른 사람, 도덕적으로 결함이 있는 사람과는 어울리고자 하지 않는다. 이것은 자신의 동질성(同質性)(혹은 고유성)을 지키고자 하는 본성의 발로이다.

"성(性)을 갈면 갈았지 그런 일은 못해요." 이 말은 이 세상에 아무리 나쁜 행동이라 할지라도 그것이 자신의 동질성을 파괴하는 일보다는 나은 것임을 나타낸다. 인간에게 순수하고자 하는 욕구가 얼마나 강렬한가를 짐작해 볼 수 있다.

인간의 생리를 쏙 빼닮은 언어에도 낯가림 현상이 있다. 물론 특별히 낯가림이 심한 낱말이 있고 그렇지 않은 낱말이 있다. 낯가림이 심한 낱말은 사람으로 치면 순수하기 이를 데 없는 어린아이요, 동질성을 고집하는 순결주의자인지도 모른다. 그렇게 낯가림이 심한 낱말은 그 성품에 맞추어 써야 한다. 그것이 그 언어에 대한 예우요, 그 언어를 부리는 주인의 자세다.

얼마 전 텔레비전을 볼 때의 일이다. 인물을 소개하는 대담 프로에서 진행자가 말했다. "○○○ 씨는 10여 년간 미국에 유학하고 최근에 귀국한 재원(才媛)으로서…" 그 뒷말이

화려한 수식어로 이어졌다. 그런데 그렇게 소개된 인물의 주인공은 놀랍게도 여자가 아니라 남자였다. 그 프로의 진행자는 '재원' 이라는 낱말이 '비범한 재능의 젊은이' 쯤으로 알았던 모양이다. 그 며칠 뒤, 같은 프로에서 또다시 그 진행자는 나이 지긋한 중년의 신사에게 "자식(子息)은 몇 분이나 두셨습니까?" 하고 의젓하게(?) 묻는 것이었다. 남의 자녀(子女)를 높여서 일컬을 때에는 '자제(子弟)' 라고 해야 한다는 것을 모르기 때문이었다. '수재(秀才)와 재원(才媛), 자식(子息)과 자제(子弟)' 이러한 한자어는 동의관계(同意關係)의 낱말이니까 이제는 아무렇게 써도 괜찮은 것인가? '밥과 진지, 나이와 연세(年歲), 묻다와 여쭈다' 이러한 낱말도 함부로 섞어 써도 된다는 말인가? 나는 30여 년 우리말을 가르친다고 하면서 무엇을 하였는가? "모든 낱말은 그 낱말이 지시하는 대상이나 문맥 상황에 따라 서로 어울리는 것이 있고, 어울리지 않는 것이 있습니다. '진지' 는 '잡수시다' 와 어울리고, '밥' 은 '먹다' 와 어울립니다. 이런 것을 낱말의 선택제약(選擇制約)이라고 합니다. 낱말의 낯가림이라고나 할까요?" 수업 중에 수백 번, 아니 수천 번을 반복하였을 이 말을 나는 입속으로 중얼거리면서 텔레비전을 끄고 말았다.

이제는 누가 "할아버님 대갈님에 검불님이 붙었어요."라고 말해도 아무도 웃지 않을 세상이 되었다.

국어교육이여! 국어의 장래여!

정중하던 옛 전통 사라지고

나는 나보다 열두 살이나 나이가 많은 생질(甥姪 : 누나의 아들)이 있다. 내가 어릴 적에 그 조카님은 우리 집에 와서 나를 보면 으레 "애기 삼촌 공부 잘 하세요? 요새는 아프지 않으시죠?" 이렇게 말했고, 나는 "조카님, 그동안 평안하셨어요? 누님도 건강하시지요?" 이렇게 서로 높임말을 사용하였다. 아버지는 늘 "남이라면 10년 장일 때(나이 많을 때) 부모뻘 대접을 하는 것이니, 상경(相敬 : 서로 높임말을 씀)의 예절을 지키는 것이 옳으니라."고 말씀하셨었다. 우리들 숙질 간이 이제 50대와 60대의 중반을 넘겼지만 어린 시절의 말버릇은 여전할 뿐 아니라 그러한 말씨에서 더욱 은근하고 도타운 정을 느끼기까지 한다.

또 나는 나보다 꼭 열 살 나이 많은 매부(妹夫 : 누이동생의 남편)가 있다. 내 누이가 나보다 두 살 아래니까 그들 부부는 12살이나 차이가 난다. 그들 부부는 농담으로 띠동갑이라면서 급할 때는 서로가 반말 비슷한 말씨를 사용하는 경우가 없지 않지만, 그들은 원칙적으로는 서로 "허우"를 한다. 나와 매부 사이에서도 "허우"가 사용된다. 처음엔 내가 높임말로 "해요"체를 사용했으나 저쪽에서 공대말을 듣기가 겸연쩍다고 해서 '허우가 되어 버렸다. "허우"는 우리나라 중부지방에서 사용하는 "하오"체의 변형으로 반말보다는 높임의 분위기를 살리고, 또한 친숙미를 보태는 특이한 말씨이다.

이러한 말버릇에 익숙한 나는 며칠 전 어느 대학교 게시판에서 나의 언어 세계와는 너무도 동떨어진 광고문을 접하게 되었었다.

〈91년 퇴물 몰아내기(속칭 졸업생 환송회) 으흠, 기억을 더듬어 보자, 91년 새내기들에게는 병아리 점고(신입생 환영회)를 세 번이나 해 주었으니, 이번에는 퇴물들을 폐기처분해야 한단 말이것다. 가만 있거라. 퇴물에 속하는 부류가 누구 누군고? 88학번이면서 우리 캠퍼스에서 밀려날 사람, 또 그 이전 학번이면서 미적미적 궁둥이가 무거운 사람, 꽤 많도다. 우쨌거나 88 이전에 속하는 모든 이를 폐기처분해야 쓰겄다. 그런데 시간과 장소는 어디던고? 문화부장은 날짜, 시간, 장소 및 ₩를 요 밑에 적으렸다.〉 - ○○학과 학생회

이 광고글을 읽은 학생들은 필경 재미있고 재치있는 글이라고 좋아하였을 것이다. 서로서로 마음이 통하고 뜻이 맞아서 킬킬거리며 무슨 명문이나 짓는 줄 착각하면서 이런 글을 썼을 것이라고 생각되기 때문이다. 그러나 나는 이 광고를 보는 순간, 얼굴에 핏기가 가시고, 가슴속에서는 분노와 울화덩어리가 치받치는 것을 느껴야 하였다.

대학생이라면 모두 스무 살 안팎의 혈기왕성한 청년이요, 민족과 국가의 장래를 생각하며 스스로 어른스러움을 다져 나갈 때가 아니던가? 돌이켜 보면 바로 그들이 비통한 목소리로 비민주적인 정치현실에 항거하여 화염병을 던지며 시위를 일삼았던 장본이이 아니던가? 스스로 우국 청년을 자처하며 기성인들을 매도하던 그 목소리와, 키들키들 웃어가며 공적(公的)인 광고에 익살과 재치 놀음의 말장난을 하

는 목소리가 아무리 생각해도 같은 사람이라고는 할 수 없을 것 같았다. 그러나 그들은 엄연히 동일한 집단이요, 동일한 사람들이다.

물론 장난기 어린 언어와 행동이 허용되는 경우가 없지 않다. 그것은 사사로운 모임일 때 가능하고, 공식적인 절차가 끝나고 마음을 풀기로 약정한 분위기에서 가능하다. 그런데 우리 젊은 대학생들은 그 경계를 구분하지 못하고 경망하지 않으면 난폭하기로 작정을 한 것 같다. 허나 그렇게 되기까지 구경해 온 것은 또한 우리 기성세대가 아니던가!

'안팎밀이' 문에서 만난 소녀

내가 근무하는 학교의 백여 채가 넘는 건물들은 모두 출입문이 '안팎밀이' 식이다. 〈어느 쪽에서나 밀고 당길 수 있는 이 '안팎밀이' 문은 영어로 스윙도어(swing door)라고 하는데 확정된 우리말은 없는 형편이다.〉 이 안팎밀이 문들은 또 대부분 통짜 유리문이어서 건물 안으로 들어가려는 사람이나 밖으로 나가려는 사람이 반대쪽에서 오는 사람을 살필 수 있다.(당연한 일. 투명문이 아니면 어떻게 안팎밀이를 할 것인가!)

이런 안팎밀이 문 양쪽에서 들어가는 사람과 나가는 사람이 맞닥뜨렸다고 하자. 그러면 반드시 한쪽 사람이 양보해야 한다. 누가 양보하는가? 두 사람 중, 문으로부터 한 발자

욱이라도 먼 거리에 있다고 생각되는 사람이 한 옆으로 비켜서서 맞은편 사람이 통과하기를 기다려야 한다.

그러나 만일 학생과 선생님이 안팎밀이 문 양쪽에서 마주 오고 있을 경우에는 어떻게 해야 하는가? 이때에는 비록 학생이 문에 먼저 도달했다고 하더라도 맞은 편 어른을 존중하는 마음에서 선생님이 먼저 통과하기를 기다리는 것이 전통예절에 맞는 행위일 것이다. 좀 더 예절 바른 사람이라면 재빨리 문을 당겨 상대방 어른을 편하게 해 드릴 것이다. 그러나 이렇게 기분 좋은 경험보다는 이마가 깨지거나 코가 터지지 않은 것이 다행스러웠다는 경험을 한 분들이 더 많을 것이다.(이 문제에 관한 한, 나의 동료 교수들은 말이 끝나기 전에 불쾌했던 사례를 털어놓았다.)

지난해 연말, 입학시험이 끝나고 면접을 한 날이었다. 면접을 마치고 나온 내 친구 ㄱ교수는 대단히 불쾌한 표정을 지으며 휴게실로 들어와 차 한 잔을 시켰다. 그러더니 밑도 끝도 없이 "악연(惡緣)이었어! 그건" 이렇게 그는 혼잣소리처럼 중얼거렸다.

"무얼 갖고 그러나 또…." 워낙 불평을 잘하는 친구인지라 나는 놀리는 기분으로 그를 바라보며 응수했다.

"글쎄 아침에 ×동 현관 안팎밀이 문에서 코가 깨질 뻔하지 않았겠어? 상대방은 면접시험을 치르러 온 여학생이었다구."

"그런 봉변이 어디 어제오늘의 일인가?"

"그게 아냐, 그 여학생을 내가 면접했다구."

"그럴 수 있지 뭐. 그래 품행란에 'C' 라고 썼어?"

(다음은 ㄱ교수와 그 여학생과의 대화)

"졸업년도를 보니 한 해 쉬었구먼,…."

"아녜요, ○대학 △△과에 다니는데 옮겨 보려고요."

"아니, 그 좋은 대학에서 왜 이리로 옮기려고 해? 합격한다면 작년에는 ㄴ양 때문에 한 사람 떨어진 게 되지 않나?"

"…."

"아버지 직업을 '공무원' 이라고 했는데 좀 막연하지? 구체적으로 말해 줄 수 있겠나?"

"그걸 꼭 말해야 돼요?"

(이 대목에서 그 여학생은 신경질적이 되었다고 한다. 그

리고 ㄱ교수는 자기가 도리어 놀랐다고 했다. 면접을 받는 학생의 태도로는 생각할 수 없었을 터이니까.)

"기가 막혀서 얼굴을 빤히 쳐다보았더니, 그래도 고개는 숙이더군. 그때에야 옷매무새며, 머리모양이며 내 코를 깰 듯이 안팎밀이 문을 밀치던 장본인이란 걸 알았지."

"그래서 악연이라 한 거로군." 나의 말이었다.

"아냐, 그게 아냐!" 그는 한참이나 창밖을 내다보더니

"그 학생의 아버지가 바로 내 친구 ㄴ교수였네. 이름이 같기에 물었던 것이고…,

그 학생이 나간 뒤에 내 수첩에서 주소와 전화번호를 대조해 보았어…. 우린 지금 누구에게 무엇을 가르치고 있지?"

언어 예절의 현주소

역사책을 읽으면서 우리가 깨닫게 되는 것은 한두 가지가 아니다. 삶의 슬기를 터득하여 맑고 깨끗한 마음으로 세상을 살아가야 하겠다는 도덕적 각성은 말할 것도 없고, 특정한 시대에 태어나서 그렇게밖에는 살아갈 수 없었던 비극적 인물에 대한 운명론적 체념에 이르기까지 역사(책)는 우리들에게 참으로 많은 지식과 교훈을 선물한다.

그러나 그 많은 선물 보따리 속에서 가장 귀중한 선물은 우리가 살고 있는 이 나라, 이 사회, 이 현실이 도도히 흘러가는 우리나라 역사의 어느 지점에 있는가를 바르게 알도록 우리를 일깨워 주는 일이다. 이러한 일깨움을 바꾸어 말하면 "역사의식을 갖게 하는 일"이라고 할 수 있겠다.

그러면 우리들의 역사의식은 지금 우리 사회의 언어 예절, 언어 현실을 어떻게 평가하여야 할 것인가? 20세기 초에 이르러 급변하는 세계정세를 바르게 꿰뚫어 보고 재빨리 근대화 작업에 손써야 할 시기에 고만 기회를 놓쳐 버려서 우리들의 할아버지와 아버지는 일제 식민지 시절의 설움을 맛보아야 했었다. 그리고 해방이 되었고 새 나라를 세웠다.

그러나 그 해방과 독립은 적어도 겉보기에 있어서는 스스로 민족적 역량을 기울여 얻어낸 성과가 아니라 세계사적 움직임 속에서 거의 타율적으로 생긴 결과였다. 그렇기 때문에 민족 분단이 장기화되어 사실상의 두 나라, 북한과 남안이 어느새 반세기 넘게 병존하게 되었던 것이다.

이렇듯 민족의 주체적 역량이 제대로 발휘되지 못한 정치적 혼미 속에서 언어 예절, 언어생활도 혼미와 표류를 거듭하였다. 어느 시대나 그 시대에 맞는 바람직한 문화 사회의 모범(模範) 내지는 표준(標準)이 있는 것이요, 언어는 그 모범이나 표준에 맞도록 표현되는 것인데, 새 나라 새 사회가 주체적 역량을 발휘할 수 없는 불안정하고 미숙한 상태에 있었으므로 이른바 언어문화도 바람직한 상태를 발현할 수가 없었다.

그러나 요즈음에 이르러 온 민족이 서서히 정신을 차리고, 우리들의 현재 위치가 우리나라 역사의 흐름 속에서 어디쯤에 있는가를 확인해 보려는 움직임을 보이고 있다. 남북한 사이에 통일을 위한 교섭이 시작된 것을 정치적 각성의 징표라고 한다면, "화법(話法)의 실제와 표준"을 확립하기 위한 '우리말의 예절'이라는 책이 간행된 것은 언어문화적 각성의 징표라고 말해도 좋을 것이다.

그동안 우리는 단지 살아남기 위한 극한상황과 먹고 살기 위한 생존투쟁의 두 축을 왔다갔다 하였었다. 이러한 형편에서는 의사전달만 하면 되었지, 어떻게 말하는 것이 예절바른가를 생각할 수가 없었다. 그러나 이제 절대빈곤은 사라졌고, 일부 계층의 과소비가 문제되는 시점에 이르렀다. 그러므로 이제부터는 사람다운 말버릇이 무엇인가를 생각하여야 한다.

"선생님 물어볼 것이 있는데요."라고 학생이 말했을 때, "선생님 여쭈어볼 것이 있어서 찾아뵈었습니다."라고 말하는 것이 옳다는 것을 당당하게 일깨워 줄 때가 된 것이다.

지난해 연말에 나온 '우리말의 예절'이란 책을 펼친다. 가정과 사회에서 구분해서 써야 할 부름말(호칭어)과 가리

킴말(지칭어), 경어법(敬語法), 그리고 일상생활에서 사용되는 여러 경우의 인사말에 이르기까지 언어 예절의 모범이 무엇인가를 예시하고 있다. 이 책이 널리 보급되고 언어 예절에 대한 인식이 새로워진다면 자기 아내를 가리켜 "내 부인이 이것을 좋아해서요." 따위의 망발은 조만간 사라질 것이라는 기대를 할 수 있겠다.

표준어를 배우기가 힘든 사람들

가령 전국 각지에서 온 사람들이 오백오십여 년 전의 세종대왕을 만난다면 어느 지방 사람이 세종대왕의 말씀을 제일 먼저 잘 알아들을까?(세종대왕의 말씀에는 모르는 낱말이 하나도 없음을 전제로 하자.) 이 물음에 대답하기 위하여서는 우리나라 말의 말소리가 어떤 특징을 가졌으며, 또 15세기 우리말의 특징을 오늘날에도 가장 많이 유지하고 있는 지역이 어디인가를 알아야만 된다.

대체로 말소리는 음절을 음성으로 나타낼 때, 함께 나타나는 고저(高低), 강약(强弱), 장단(長短) 등이 문제가 되는데, 이것을 언어학에서는 초분절음소(超分節音素)라고 한다. 우리말에서도 이 초분절음소로 높·낮이(高低)와 길·짧이(長

短)가 문제가 된다. 물론 15세기 국어에서도 높·낮이와 길·짧이가 존재하였다.

훈민정음이 창제된 15세기에는 특별히 말소리와 높·낮이가 바르게 말하기의 중요한 척도이었다. 그래서 방점(傍點)이라 하여 글자 왼쪽에 점을 찍어 말소리의 높고 낮음을 표시하였다. (이것을 성조체계(聲調體系)라 하였는데, 점이 없으면 낮은 소리 평성(平聲)이요, 점이 하나면 높은 소리 거성(去聲)이요, 점이 둘이면 처음은 낮고 나중은 높은 상성(上聲)이라 하였다.)

그러나 16세기 끝 무렵을 고비로 하여 서울말에서 말소리의 높고 낮음은 변별력을 잃고 오늘날과 같은 평판조(平板調)의 말씨로 바뀌어 버렸다. 이때에 처음은 낮고 나중은 높았던 말소리는 긴소리(長音)가 되어 말소리의 길고 짧음만이 현대 서울말에서 음운상의 변별적 특징으로 남게 되었다. 그러므로 서울 사람들은 세종대왕의 말씀을 제일 늦게야 알아듣는 사람이 될 것이다. 그리고 아마도 경상도 사람들이 세종대왕의 말씀을 가장 먼저 바르게 알아들을 것이다. 왜냐하면 15세기 성조 체계, 곧 말소리의 높고 낮음과 길고 짧음을 오늘날에도 가장 많이 유지하고 있기 때문이다.

우리나라를 동서로 가르면 동쪽에 해당하는 함경도 강원도, 경상도는 대체로 말소리의 높 · 낮이와 길 · 짧이를 모두 가지고 있고, 서쪽에 해당하는 평안도, 황해도, 경기도 충청도, 전라도는 길 · 짧기만 있고 높 · 낮이를 잃어버렸다. 따라서 우리말 사투리를 연구하려면 말소리의 높 · 낮이와 길 · 짧이를 두루 구별할 수 있는 함경도나 경상도 출신이 유리하다. 반면에 함경도나 경상도 토박이들은 높 · 낮이가 없어진 서울말을 배우기가 대단히 힘들다. 평판조의 낱말에 경상도식의 높 · 낮이를 붙여서 발음하기 때문이다.

세종대왕을 만나 뵌다면 제일 먼저 대화가 통할 수 있을 것이라는 가상적 이점은 표준어가 된 서울말을 배울 때에는 치명적 약점이 된다. 이거야말로 경상도 사람으로서는 억울하기 짝이 없는 일이다. 서울말을 바탕으로 하는 표준어가 앞으로도 계속하여 세력을 펼쳐 나갈 것으로 보이는 현재의 형편에서 경상도 출신들의 표준말 익히기는 실로 고통스런 장벽이 아닐 수 없다. 그러나 정말로 고통스러운 장벽은 표준말을 익히기 위해서 사투리를 쓰는 사람들이 그 사투리를 고치려고 노력하지 않는 점일 것이다.

고향을 사랑하듯, 고향 사투리도 사랑하여야 할 것이요,

또한 보존하여야 할 것이기는 하지만 단일한 언어문화를 누린다는 차원에서는 자기 고장 사투리와 함께 표준말도 정확하게 할 수 있어야 한다. 아무래도 표준말을 익히는 것이 외국어 하나를 익히는 것보다는 천 배 만 배 쉬운 일이라는 것을 생각하면서….

국어 교육의 올바른 방향

띄어쓰기의 내력

현행 '한글맞춤법'의 총칙 제2항은 "문장의 각 단어는 띄어씀을 원칙으로 한다."고 하며, 띄어쓰기가 우리글 쓰기의 중대한 원칙임을 밝히고 있다. 그러면 우리나라 문자생활에서 이러한 띄어쓰기는 언제부터 시작되어 맞춤법의 규정으로까지 확립된 것일까?

한글이 창제된 15세기 당시에는 글을 쓸 때에 오늘날과 같은 띄어쓰기는 존재하지 않았다. 한문(漢文)은 원래 수천 년 동안 띄어쓰기 없이 적혀왔는데, 그러한 전통은 한글이 창제된 후에 한글에도 적용되어 글을 쓸 때에는 으레 띄어쓰기를 하지 않는 것으로 되어 있었다. 옛날에는 띄어쓰기가 문제되지도 않았다. 문자생활을 하는 지식층은 지극히

제한된 특수층뿐이었고, 그들이 글을 쓰고 읽는다는 것은 일종의 문화적 특권에 속하는 것이었기 때문이다. 따라서 글을 읽고 쓰는 사람들끼리는 자기네들만 문자생활을 누린다는 자부심을 만족시키며 띄어쓰기도 하지 않을 뿐 아니라, 잘 쓰이지 않는 궁벽한 한자(漢字)와 고사(古事)를 인용하면서 지식 자랑을 하는 폐단까지 있었다.

그러나 한문을 배우는 과정의 학생들을 위하여서는 점찍기와 토 달기의 방식이 사용되어 오늘날의 빈칸 띄어쓰기의 전 단계 같은 것이 없지는 않았다.

한글 문헌의 경우에는 18세기 중엽부터 불경언해에 점찍기 방식이 나타난다. 지식 자랑의 수단으로서가 아니라 한 사람이라도 더 부처님의 가르침을 깨달아 극락에 가게 하려는 전교(傳教)의 목적이 있었기 때문이라고 할 수 있다. 19세기에 들어오면 이러한 점찍기 방식이 더 널리 퍼져서 '규합총서(閨閤叢書, 1869)' 나 '국문정리(國文正理, 1897)' 에 • 또는 ◯을 사용하여 띄어쓰기의 효과를 거두고 있다. 그러던 중 1896년 4월에 순한글로 인쇄된 '독립신문' 이 간행됐는데, 여기에 최초로 오늘날의 띄어쓰기와 똑같은 빈칸 띄어쓰기가 나타난다. 그 창간호에는 다음과 같이 띄어쓰기의 정당성을 주장하고 있다.

"또 국문을 이러케 귀졀을 떼여 쓴즉 아모라도 이 신문 보기가 쉽고 신문속에 잇는 말을 자세이 알어 보게 홈이라"

문자생활이 특수계층의 지식 자랑이 아니라 많은 사람을 위한 정보 전달 체계로 전환되면서 띄어쓰기는 필연적인 문화양식으로 굳을 조짐을 보인 것이었다. 이 무렵에 서양 선교사들에 의해 간행된 기독교 번역 성경은 거의 예외 없이 띄어쓰기를 지키고 있다. 알파벳 문자는 자음과 모음을 옆으로 나란히 적어 나가는 방식을 취하는 문자이므로 그러한 문자문화의 배경을 갖고 있는 서양 사람들이 아무리 음절로 모아 쓰는 한글이라 하더라도 낱말 단위로 띄어쓰지 않는 것은 받아들이기 어려웠을 것이다. 그래서 그들은 우리나라 문자생활에 띄어쓰기의 선구자 노릇을 한 셈이 되었다.

이렇게 본다면 우리글의 띄어쓰기는 19세기 말엽 언문일치운동에 따른 대중 문자생활의 필요성과 서양의 알파벳 문자생활과의 결합이 만들어 낸 문자문화의 변화에 따른 것이라 할 수 있다. 물론 20세기에 넘어와서도 국한문 혼용으로 된 책들은 여전히 띄어쓰기가 이루어지지 않은 채 간행되었었다. 한글과 한자의 차이가 띄어쓰기의 효과를 거두고 있기 때문이었을 것이다.

그러다가 1920년대부터는 우리나라 문법책과 교과서에 점차로 띄어쓰기가 확대되었고, 1933년의 한글맞춤법 통일안에는 띄어쓰기 규정이 자리 잡기에 이른다. '콜럼버스의 달걀' 처럼 간단하고 쉬운 문자생활의 원리이지만 그것이 우리나라에 정착하기 위하여서는 한글 창제 이후 5백 년 가까운 세월을 기다려야만 했던 것이다.

학력고사의 국어문제

이 세상에서 일백만 명 가까운 대학입학 지원자를 국가가 주관하는 학력고사를 통하여 선발하는 나라는 우리나라밖에 없다고 한다. 이 제도가 정착되어 실시된 지도 어언 20년이 넘었다. 이 학력고사가 처음에는 대학에서 실시하는 본시험의 예비적인 성격을 띠었다가 아예 본고사의 영역을 잠식해 버린 그간의 사정은 새삼스럽게 논의할 여유가 없다. 다만 이 시험이 고등학교 교육의 정상화를 위하여 기여해 왔다면 그런대로 공로를 인정할 수 있겠으나 사정은 전혀 그렇지가 않다. 여기서는 국어시험 문제만을 생각해 보기로 한다. 이 시험 문제가 우리나라 어문생활에 끼치는 영향이 너무나 크기 때문이다.

첫째, 국어 문제의 약 30% 정도가 주관식 문제라고 한다. 몇 해 전까지만 해도 사지선답(四肢選答)의 객관식 문제만으로 출제되다가 이 정도의 변화를 보인 것은 그나마 다행한 일이지만 그중의 반은 이른바 단구적(短句的) 단답형(短答型)이라 하여 낱말 한두 개를 찾아 쓰는 것이므로 이것은 엄격한 의미에서 객관식의 변형이지 주관식이라 할 수 없다. 또 서술적 단답형이라는 것도 한두 개의 문장을 적는 것으로 완결 짓는 것이기 때문에 진정한 의미에서 서술 능력을 측정할 수가 없다. 필답의 형식을 통하여 가장 명쾌하게 알아낼 수 있는 언어능력은 무엇보다도 글짓기일 터인데 국어시험에서 그것을 배제한다는 것은 문제가 아닐 수 없다. 두 해를 실시하다가 없애 버린 논술고사를 글짓기 능력 측정의 차원에서 다시 부활해야 할 것이다. 만일에 각 대학이 독자적으로 입학시험을 실시한다면 가장 먼저 검토해야 할 분야가 바로 글짓기 능력 측정이라 하겠다.

둘째, 객관식 문제의 출제 범위에 관한 것이다. 지금까지의 관행은 교과서 밖에서 지문(地文 : 문제를 풀기 위한 읽을 거리)을 뽑는 일을 극도로 삼가왔다. 교과서 바깥의 문장은 고등학교 국어 교과과정 바깥에 있는 것이 아니련만 이것은 참으로 이상한 관행이 아닐 수 없다. 고등학교 국어 교과서를 모두 모아 놓더라도 9포인트 활자, 국판(菊版)으로 인쇄한다면 200쪽이나 제대로 될까? 웬만큼 명석한 두뇌를 가진 학생이라면 그 내용의 절반은 암송을 하고도 남는다. 그런 범위 안에서 시험 문제를 내자니 글의 중심 내용을 파악하는 독해력보다는 지엽 말단의 허섭쓰레기 지식을 묻는 방향으로 흘러갔던 것이다. 궁여지책으로 교과서 바깥에서도 출제가 되기는 했지만 그것도 세상의 이목을 생각하며 전체 지문의 30%를 넘지 않게 하였었다. 전례를 깨뜨려 물의를 일으키느니 조용하게 넘어가자는 타성이 출제하는 사람의 마음에 자리잡고 있었기 때문이다. 고등학교 국어 교과과정의 범위라고 하면 사실은 우리나라 일상생활 어문활동의 모든 영역을 다 포괄한다고 말해도 과언이 아니다. 고등학교만 졸업하면 사회생활에서 중추적인 역할을 맡는 시민이 아닌가? 그러므로 국어시험은 교과서 안에서 출제하는 비율을 최소한으로 줄이고 오히려 교과서 밖의 글에 눈을 돌려야 할 것이다. 역설적인 사실이지만 영어시험은 지금까지 교과서에 있는 글은 출제하지 않는 것을 불문율로 하고 있다. 그렇다면 당연히 국어시험도 교과서의 울타리를 벗어나야 한다. 그렇지 않아도 시험 준비에 휘말려 교과서 이외의 책은 읽지도 않는다는데 국어시험이 독서 분위기를 저해하는 출제 태도를 고수한다는 것은 있을 수 없는 일이다. 고등학교 졸업생이 단 몇 권의 양서라도 읽을 수 있게 하려면 내년부터라도 국어시험은 교과서의 범위를 자유롭게 벗어난다는 계획을 세워 미리 발표했으면 좋겠다.

작가들이여, 깨끗하고 완벽한 문장을

우리는 시인과 소설가를 아끼고 사랑한다. 그들이 만들어 내는 주옥 같은 작품은 우리가 죽고 난 먼 훗날에도 우리들이 이 땅에서 애환(哀歡)과 영욕(榮辱)이 엇갈리는 생활을 하면서 살었었음을 밝히는 가장 확실한 증언이 될 것이기 때문이요, 또한 우리 민족의 정신문화가 얼마나 찬란하고 아름다운 것인가를 그 언어 자산 자체로 증명해 줄 것이기 때문이다. 그러므로 우리가 읽고 즐기는 시와 소설들은 현대 한국어로서는 가장 아름답고 정확한 문장이어야 한다. 사실상 대부분의 문학작품들이 모범적인 문장인 것만은 숨길 수 없다.

그러나 가끔, 아주 가끔, 이름 있는 작가의 글에서 잘못 쓰인 문장을 발견할 때, 우리는 당황하다가, 그리고 끝내는 슬퍼진다. 우리의 조상은 일찍이 좋지 않은 글월을 남겨 후손으로 하여금 혼란에 빠지는 고생을 시키지 아니하였는데, 이제 우리의 실수는 조상과 후손에게 동시에 죄를 짓는 일이구나 하는 죄책감이 들기 때문이다.

엊그제는 우연히 어떤 작가의 글을 읽다가 다음 대목에 이르러 눈길이 멈추었다.

> "평균 스무 살이 되기 전에 시집을 가면 새벽별 스러지기 전에 일어나 밥하고 빨래하고, 길쌈하고 밭매고, 밤이면 윗채에 불이 꺼지기 전까지 호롱불 아래 옷 깁고 다듬이질해야 하는 중노동에 시달렸다. 3년을 벙어리 신세로 마소처럼 일하며, 열 명 정도의 자식을 낳았다."

전통적인 한국의 여인상이 사라져감을 애석해 하는 글이어서, 그 내용은 전적으로 공감을 가져오는 것이었다. 그런데 '3년을 벙어리 신세로 일하며' 다음에, 아무런 꾸밈말이 없이 '열 명 정도의 자식을 낳았다' 고 씀으로써 열 명의 자식을 3년 동안에 낳았다는 말이 되어 버렸다.

"아니, 이 세상 어떤 바보가 그렇게 해석한단 말이오? '열 명 정도의 자식을' 앞에는 당연히 '평생 동안' 정도의 꾸밈말이 있다고 생각해야지!" 이렇게 이 글을 옹호하는 사람은 주장할지도 모른다.

물론 정신이 온전한 사람이면 누구나 당연히 그렇게 생각할 것이다. 그러나 글은 그 자체로서도 오해의 여지 없이 깨끗하고 완전하여야 한다. 독자로 하여금 상상력과 추론을 요구하는 것은 문맥 뒤에 숨겨져 있는 심오한 사상이거나, 섬세한 정서에 한정하는 것이지, 불합리한 문장의 논리적 합리화까지를 요구할 수는 없다. 글은 읽기에 편하고 쉬워야 한다. 글을 읽다가 혼란이 생기면 읽을 흥미가 사그러들기 때문이다.

몇 줄 건너 또 하나의 문장 : "나에게 누나의 모티브는 그런 전 시대의 여인이었고/정절 · 근면 · 인내하다 청상에 타계하는 여인을 그리워하고 동정하였다."

여기에서는 '…여인이었고' 에서 풍기는 앞부분과 '…동정하였다' 로 마치는 뒷부분과의 연결이 도무지 자연스럽지 않다.

우리말에서 '-고' 라는 연결 어미는 단순한 나열의 경우에 적합하지, 앞뒤 의미를 긴밀하게 묶어 주는 인과관계를 감당하지는 못한다. 따라서 이 글이 순하게 읽히려면 '…여인이었다' 로 끝내고, 그다음에 '그래서 나는 그렇듯' 이라는 어구를 집어넣어야 될 것 같았다. 말하자면, 이 글은 뒷부분의 주어 '나는' 이 빠졌고, 그것은 앞부분의 주어 '누나의 모티브는' 과도 다르기 때문에 생긴 혼란이라고 하겠다.

이런 정도의 실수는 작가들이 조금만 조심하면 해결될 문제가 아닐까? 독자 가운데에는 작가들을 너무나 사랑하고 아끼기 때문에 그들의 글이 깨끗하고 완벽하지 않으면 민족문화의 장래까지 들먹이며 근심하는 사람이 있다는 것을 명심하면서, 작가들은 문장을 다듬었으면 좋겠다. 오늘날 젊은이들의 독서율이 떨어지는 것은 혹시나 우리 기성 작가·지식인이 쓰는 좋지 않은 문장 때문이나 아닌가 반성하면서.

대학생의 작문 숙제

50명으로 구성된 대학교 1학년 반 학생들에게 글짓기 숙제를 냈다. 글의 형태는 일기(日記)이고 내용은 지금부터 만 20년 뒤의 자신의 모습을 예측하는 것이었다. '2011년 4월 ○○일' 이라는 제목 아래 이미 일어난 사실을 회고하고 점검하는 것이니까, 종결어미는 과거형이어야 하고 또 글의 내용에서 자신의 직업이 무엇이며 어떤 인생관의 소유자인가를 짐작할 수 있어야 한다고 조건을 달았었다. 먼 앞날을 내다보며 원대한 인생을 설계해야 하는 스무 살 안팎의 젊은이들에게 자신의 미래를 구체적으로 실감하고 예견케 하는 방법이라고 생각했기 때문이었다. 그들이 제출한 일기장을 거두어 작성한 직업별 통계 결과는 다음과 같았다.

회사의 고급 간부 20명, 사장(사업가) 9명, 정치가(및 공무원) 7명, 교수(및 연구원) 5명, 회계사 3명, 은행원 2명, 기타(불분명) 4명.

이것을 보면 학생들이 상경(商經) 계열이라는 것은 쉽게 짐작될 것이다. 성향이 같고 가정형편이 비슷하기 때문인지 학급의 분위기도 명랑하고 활기에 넘쳤었다. 그러면 일기 내용은 어떤가? 아들딸 한 명씩의 두 자녀를 데리고 아름답고 귀여운 아내와 즐거운 주말여행을 다녀온 뒤의 느낌 같은 것이 대부분이었다. 세속적인 영달과 행복한 일상생활이 어떤 것인가를 짐작할 수 있었다. 그들이라고 시대를 아파하며 민족의 미래를 근심하는 역사의식 같은 것이 없지는 않았겠지만 이런 일기 숙제로 그런 것까지 헤아릴 수는 없는 것이었다.

그럼에도 불구하고 한 가지 섭섭한 것이 있다면 그들의 아름답고 현숙한 아내가 한결같이 자신의 출세를 도와주는 성실한 보조자로만 그려져 있다는 점이다. 아내를 독립적인 인격체요, 또 독자적인 인생 목표를 갖고 있는 동반자로 생각하는 것이 아니라 단지 자기를 돋보이게 하는 데에 쓰이는 매력적인 인간 액세서리로 묘사하고 있었다. 의식이 있는 여학생이 그들의 일기를 보았다면 기막힘과 허망함, 그리고 수치심과 분노로 들고 있던 일기장을 갈기갈기 찢어버렸을는지도 모른다. 이것이 소시민적인 우리나라 남학생의 정신적인 한계가 아닌가 생각되었다.

그러면 이러한 한계를 극복하는 방법은 무엇일까? 그것은 광범하고도 깊이 있는 독서가 밑바탕이 되어야 할 것 같았다. 그래서 이번에는 그들의 독서 실태를 파악할 수 있는 숙제를 냈다. 지금까지 읽은 우리나라 문학작품 가운데서 가장 감동적이었다고 생각되는 한 권의 시집(詩集) 또는 한 편의 소설을 대상으로 삼아 그 독후감을 적어 내라고 하였다.

그런데 그 결과는 어떠하였는가? 두 명 이상의 인기를 끈 작가와 작품에 현진건의 '운수 좋은 날', 김동인의 '배따라기', 김유정의 '동백꽃', 이효석의 '메밀꽃 필 무렵'이 들어 있었다. 그 외에 여섯 명의 시인과 열 명의 작가가 거론되었으나 장편소설로는 이광수의 '무정', 김동리의 '사반의 십자가', 이문열의 '사람의 아들'이 포함되어 있을 뿐이었다. 고작해야 몇 페이지에서 기껏 십여 페이지에 불과한 짧은 단편을 독서의 증거로 제시할 수 있는 것일까? 더구나 이들

단편이 모두 고등학교 교과서나 부교재에 실려 있는 것이고 보면 그들은 교과서 외에는 아무것도 읽지 않았다는 결론에 이른다.

대학입시 위주의 고등학교 국어교육이 저지른 죄과가 어느 지경에 이르렀는가를 짐작하고도 남음이 있다. 이제 고등학교 국어교육이 폭넓은 독서를 권장하는 방향으로 개선되어야 하는 것은 너무도 명명백백한 일이다.

국어문체를 지배하는 세 가지 요소

현대 한국어를 사용하는 모든 한국 사람들은 20세기 한국 표준어를 원만하게 구사한다는 대전제 아래, 자기가 쓰고자 하는 글의 문체를 결정하기 위하여 다음과 같은 세 가지 문제를 고려하여야 한다.

첫째는 주제(主題)가 무엇이냐를 거듭 확인하는 일이다. 고상하고 심오한 사상을 문제 삼으려 동요조의 운문을 사용할 수 없고, 향수에 젖은 추억을 이야기하려 하면서 관념적인 낱말로 연이은 논설조의 글을 쓸 수 없다. 동서양을 막론하고 예부터 내용에 따라 그에 적합한 문체가 있다는 생각을 가지고 있었다. 논(論)·설(說)·사(辭)·서(序) 같은 것은 역경(易經)을 모범으로 삼았고, 조(詔)·책(策)·장(章)·주

(奏)는 상서(尙書)를 바탕으로 하였으며, 부(賦) · 송(頌) · 가(歌) · 찬(讚)은 시경(詩經)을 본뜨고자 하였다. 서양에서도 서사시나 비극(悲劇)에 쓰이는 문체를 고상한 문체라 하고, 연시(戀詩)나 비가(悲歌)에는 중간 문체를 쓰고, 풍자시나 목가(牧歌)에는 하급의 문체를 선택하였다. 이것은 마치 경건한 의식을 진행할 때에 우리의 목소리를 장중하게 꾸미고, 흥겨운 잔치 자리에서는 다소 흐트러진 목소리를 내도 괜찮은 것과 같다.

둘째는 담화(談話) 환경이 문체 선택에 관여한다. 가령 초등학교 학생의 어린이, 결혼 적령기에 있는 직장여성, 해외 유학을 떠나는 대학 졸업생 등의 각기 다른 집단을 독자로 할 경우, 우리는 그들에 맞는 문체를 골라야 한다. 독자의 감정과 취향에 맞추어야 하는 것은 글을 쓰는 목적에도 부합하는 일이다. 이때에 구어체(口語體)를 쓰느냐 문어체(文語體)를 쓰느냐 하는 것, 구어체라 하더라도 대화체를 쓰느냐 강술체(講述體)를 쓰느냐 하는 것이 문제되며, 특히 존비(尊卑) 체계가 까다로운 우리 한국어에서는 종결어미를 무엇으로 하느냐 하는 문제도 중요한 선택의 대상이다. 어떤 수필가는 고집스럽게 '…합니다' 체를 사용하는데, 그의 글에서 풍기는 겸허는 작품의 품격을 대단히 우아하게 꾸미는 것을 볼 수 있었다. '신동아(新東亞)' 나 '주간한국' 에 원고청탁을 받고 글을 쓸 때에, '소년 동아' 나 '영 레이디' 에 실릴 글을 쓸 때와 같은 어휘나 어조를 유지할 수는 없을 것이다. 이것은 마치 고전음악과 팝송과의 거리이거나 영산회상(靈山會上)과 육자배기의 거리에 비견되어도 좋을 것이다.

셋째는 글을 쓰는 개개인의 품성을 생각할 수 있다. 철따라 옷을 바꾸어 입는다 하여도 무명을 즐겨 입는 사람이 있고 비단을 좋아하는 사람이 있게 마련이다. 찬바람이 휘몰아치는 혹한에 외투를 입고 나온다 해서 그 외투가 한결같이 똑같을 수는 없다. 천이 다르고 지음새가 다르며 색조 또한 가지각색이다. 의고체(擬古體)의 전아(典雅)한 품격이기는 마찬가지라 하여도 노산 이은상(鷺山 李殷相)의 글과 위당 정인보(爲堂 鄭寅普)의 글에 차이가 있고, 다 같은 수필이라 하여도 김소운(金素雲)의 간명직절(簡明直截)함과 피천득(皮天得)의 간요경민(簡要輕敏)함은 분명하게 구별된다. 우리는 똑같은 베토벤의 오케스트라를 토스카니니의 지휘로 들을 때도 있고, 카라얀의 지휘로 들을 때도 있다. 똑같은 곡목이면서도 지휘자나 연주자에 따라 그 곡조가 얼마나 감흥을 달리하는가!

개성에 따라 문체가 다른 것은 이처럼 사람마다 지니고 있는 독특한 본성에 기인하는 듯싶다. 글을 쓰는 이가 의식적으로 의도하여 만들어 내는 문체가 있는가 하면 자기도 모르게 항상 이끌리는 표현방식과 구조가 있다. 글을 쓴다는 것은 글씨를 쓰거나 그림을 그릴 때에도 그렇겠지만 결코 의식 영역 안에서만 만들어지는 것이라고는 볼 수 없다. 이러한 본성적 자아(本性的 自我)를 개성 있는 문체로 표면화되도록 글을 쓸 때에 부지런히 자신을 개방하는 일이야말로 글 쓰는 모든 사람이 추구해야 할 과제일 것이다.

문장력 향상의 길잡이

젊은이들의 문장력을 걱정하는 사람이 많다. 대학교 상급반 학생들의 시험 답안지를 보면 한숨이 나오고 대학원생의 보고서를 읽으면 신음이 터진다는 분도 있다. 표현력이 부족한 것은 고사하고 문법적으로 제대로 된 문장을 만들지도 못한다. 이와 같은 글짓기의 황폐화 현상은 크게 두 가지 원인에 말미암는 듯하다.

첫째는 각급 학교의 객관식 시험제도이고, 둘째는 글짓기에 대한 잘못된 통념이다. 시험 답안지에 정답의 번호 적기만 하다 보니 반듯한 글 한 줄 쓰기가 힘들어지리라는 것은 불을 보듯 분명하거니와 글짓기에 대해서는 어떤 오해가 있는 것일까? 그것은 '글을 잘 짓는 사람' 은 타고난 재주가 있다는 생각이고, 또 좋은 글이란 감상적인 느낌을 나타내는 것이라는 생각이다. 글짓기에 대한 이러한 오해는 마땅히 시정되어야 한다.

글은 모든 사람이 고루 잘 지어야 한다. 민주사회에서는 모든 사람이 평등한 권리와 의무를 지니는 것처럼, 현대의 모든 지식인은 평등한 문자문화를 누려야 한다. 글을 많이 쓰는 사람과 적게 쓰는 사람의 차이는 있겠지만 글의 수준은 모름지기 비슷비슷해야 한다. 말하자면, 현대의 모든 지식인은 옛날의 학자나 문장가의 반열에 들어 있어야 한다는 말이다. 그러기 위하여서는 반드시 글의 비밀을 알아야 할 것이다.

글의 비밀을 찾아내려면 두 개의 관문을 통과하여야 한다. 첫째는 말과 글은 다르다고 하는 인식의 관문이다.(말하듯 글을 쓰라고 흔히 말한다. 그러나 이렇게 가르치면 글짓기가 별것이 아니라고 생각했다가 나중에 글의 어려움을 알면 좌절하게 된다.) 둘째는 끊임없는 훈련을 쌓아야 좋은 글을 얻게 된다는 수련의 관문이다.

이 둘째 관문을 통과하려면 글짓기 안내서를 한두 번쯤은 통독하여야 한다. 물론 사람에 따라 글짓기 안내서는 다양

할 수 있다. 논어 · 맹자와 같은 동양의 고전을 글짓기의 표본으로 본뜰 수도 있고, 셰익스피어의 희곡집을 글짓기의 모범으로 삼을 수도 있다. 1930년대에는 이태준의 '문장강화(文章講話)' 라는 책이 좋은 글을 쓰려는 사람들의 사랑을 받기도 했었다. 그러나 20세기도 저물어가는 현재, 우리에겐 좀 더 체계적인 글짓기 안내서가 있으면 좋을 것이다.

30년 기자생활을 한 내 친구 ㄱ군은 글쓰기의 원칙을 다음의 네 가지로 요약하였다. 첫째 알차게 쓰기, 둘째 줄여 쓰기, 셋째 쉽게 쓰기, 넷째 학문적 성과의 도입. 그러나 이렇게 글쓰기의 요령을 자신 있게 말하는 ㄱ군도 그의 책 첫머리에서 글짓기의 어려움을 다음과 같이 고백하고 있다.

"신문기자가 된 지 25년이 지났지만 글을 쓴다는 것은 아직도 어려운 일이다. 제임스 레스턴의 말처럼 글을 쓸 때마다 '뼈를 깎는 고통' 과 '피를 말리는 고심' 을 떨쳐버릴 수 없다. 주제 선정 · 내용 구성 · 표현 방법 등 어느 하나 수월한 것이 없다. 육체와 정신의 소모 없이는 불가능한 작업이다. 변동하는 사회현상을 대상으로 하여 제한된 시간 안에 결정된 분량에 맞춰 써야 하는 직업기자의 경우는 특히 심하다."

글짓기에 관한 한, 이솝우화에 나오는 '개미와 베짱이' 는 우리에게 훌륭한 타산지석(他山之石)이다. 개미의 부지런함과 협동하는 행동 양상을 보면서 글짓기가 '뜨거운 가슴' 보다는 '냉철한 머리' 에 의존한다는 것을 깨달을 수 있기 때문이다. 글짓기에 자신이 없는 모든 젊은이는 지금 당장 책방으로 뛰어가 '문장력 향상의 길잡이' 가 될 글짓기 안내서를 품 안에 넣어야 할 것 아닌가.

시詩를 가르치던 동네 아저씨

이제는 이름도 얼굴 생김새도 기억할 수가 없다. 그때는 '해방(解放)' 이라고 불렀던 1945년 광복절 원년, 나는 초등학교 2학년이었는데 그해 늦가을쯤 비로소 한글을 깨쳤었다. 아버지는 커다란 백지에 '반절표' 를 써서 벽에 붙여 놓으셨고, 어머니는 오며가며 나를 붙들어 앉히고 '가갸거겨, 나냐너녀' 를 반복하여 읽게 하셨다. 한 일주일쯤 지나서는 "토끼, 까마귀, 외나무, 징검다리, 도깨비불" 같은 낱말을 별 불편없이 읽어냈던 것 같다.

그 무렵, 학교가 파한 뒤에는 마을 뒷산에서 동네 꼬마들과 '자치기' 도 하고 '찜뽕(연식 정구에 쓰이는 공으로 하는 약식 야구)' 이라는 공놀이도 하였다. 그때마다 우리들의 놀이에 나타나서 싱겁게 우스운 소리도 해 가며 접근해 오는 아저씨가 있었다. 이제는 이름도 얼굴 생김새도 기억할 수가 없다. 가만히 기억을 더듬으니, 그의 바지 뒷주머니에는 대학생 신분을 나타내는 사각모자가 찔러 넣어져 있었던 듯도 싶고, 저고리는 단추 다섯 개가 나란히 붙은 교복이었던 것같기도 한데, 저고리 주머니에는 언제나 손바닥 만한 책 한 권이 꽂혀 있었다.

그 아저씨는 우리들이 놀다가 지치는 때가 언제쯤인지를 잘 알고 있었다. "얘들아, 이리 좀 와봐, 옛날 얘기해 줄게."

우리들은 쪼르르 몰려들었다. 아저씨는 싱글싱글 웃어가며 심청이가 강남땅 뱃놈들에게 팔려 가는 대목이며, 이도령이 방자를 시켜서 춘향이를 데려오는 장면을 몸짓 반, 말 반으로 엮어 내렸다. 우리들은 정말로 재미있어하였다. 그러나 그 아저씨의 본강의는 그다음에야 전개되었다.

"너희들 이거 내일까지 잊어버리지 않고 외우면 눈깔사탕 하나씩 준다!"

"네. 네." 우리들은 밑져야 본전이라는 심정으로 쫑알거렸다.

그리고 따라 외웠다.

〈엄마야, 누나야, 강변 살자. 뜰에는 반짝이는 금모래빛, 뒷문밖에는 갈잎의 노래, 엄마야 누나야 강변 살자.〉

〈산에는 꽃이 피네, 꽃이 피네, 가을, 봄 여름 없이 꽃이 피네…〉

〈고향에 고향에 돌아와도 그리던 고향은 아니러뇨, …고향에 고향에 돌아와도 그리던 하늘만이 높푸르구나.〉

〈넓은 벌 동쪽 끝으로, 옛이야기 지즐대는 실개천이 휘돌아 나가고, 얼룩백이 황소가 헤설피 금빛 게으른 울음을 우는 곳, 그곳이 차마 꿈엔들 잊힐리야.〉

이렇게 옛날 일을 회상하게 된 것은 유자효씨의 다음과 같은 글 때문이었다.

〈프랑스 초등학교의 교과목은 모두 14개인데 이 가운데 여덟 개가 국어 과목이다. 쓰기, 강독, 시, 읽기, 말하기, 글짓기, 발음, 문법, …가장 인상적인 것은 시(詩)가 독립된 교과목이라는 점이다. '시' 시간이 되면 어린이들은 차례로 일어서서 과제로 부여받은 시를 암송한다. 이 시들은 모두가 명시(名詩)들이다. 가장 정제된 언어로 씌어진 프랑스의 명시들을 어린이들이 외는 것이다. 때 묻지 않은 어린이들의 영혼에 시 암송이 얼마나 큰 구실을 하는 것일까? … 그것은 아름다운 모국어 교육이자 나라사랑 교육이요, 그리고 정서교육이 아닌가.〉

지금 생각하면, 그 동네 아저씨는 지성스럽게 우리에게 김소월(金素月)과 정지용(鄭芝溶)을 가르치고자 했었던 것이다. 그때에 나는 외우는 재주가 별로 없었던 듯, “엄마야, 누나야”, “고향에 고향에 돌아와도” 정도만 기억했고, 또 꼭 한 번 눈깔사탕을 얻어먹은 것으로 기억된다. 그것도 시구절을 제대로 외웠기 때문이 아니라 격려의 뜻으로 받은 것이 아니었나 생각된다. 지금 살아 계신다면, 고작 칠순밖에 아니 되셨을 터인데…어디에서 무얼하고 계실까? 이제는 이름도 얼굴 생김새도 기억할 수가 없다.

잃어버린 시간을 찾아서

대학에 갓들어온 신입생들에게 입학의 느낌을 적으라는 글짓기 숙제를 냈었다. 조건은 꼭 하나, 고등학교 시절, 국어 수업시간의 회상장면을 반드시 집어넣어야 한다고 하였다. 다음은 그 예문들이다.

〈지나간 세월은 아름다운 추억이라고? 누가 그런 말을 했는지 모르지만 그때는 입시지옥이라는 게 없었겠지. 나처럼 삼수(三修)를 해서 겨우 대학생이 된 처지에서는 입학의 기쁨(그래 물론 기쁘다) 그렇지만 솔직히 말하여 허탈하기 짝이 없다. 학력고사의 국어 점수를 55점 가깝게 높여 ㅅ대학교에 들어오려고 365일의 세 갑절 일천구십오일 동안 학원, 공부방, 특별 과외반으로 뛰어다닌 걸 생각하면 정말로 청춘이 억울하다. 국어시간? 그건 차라리 죽이고 싶은 원수 놈의 낯짝이다.〉

〈고3 수험생 시절, 특히 재수, 삼수의 세월 속에서 국어시간은 영악할 대로 영악해진 장사꾼의 눈치작전 같은 것이었다. 사지선답(四肢選答)형에서 조금 길게 설명이 된 듯한 답지를 정답으로 삼기, 정말로 모를 때에는 그것들만 남겨 두었다가 4등분 하여 '가, 나, 다, 라'에 골고루 나누어 찍기, 이런 것도 공부라고 선생님은 진지한 표정으로 소위 요령강습을 해주셨다.〉

〈외우고 또 외우고, 나의 취약과목 국어는 골치 아픈 대상으로 낙인 찍힌 채 겨울 지난 낙엽처럼 때 묻고 찢어진 매력 없는 존재였다. 이야기의 줄거리면 고만이지 꼭 요 대목부터가 갈등이요, 요 대목이 절정이요 하는 데에는 질색을 할 일이었다. 창의성과 개성은 어디 갔는가? 정답만 찾으면 고만인 모의고사, 월례고사, 고사 고사 고사….〉

〈다른 과목은 남들보다 뛰어나다는 소리를 들었다. 그런데 국어만은 예외였다. 모의고사에서 깎이는 점수의 대부분은 국어에서였던 것으로 기억된다. 점수가 모든 것을 말해 주는 고3 시절, 아마도 우리 교수님은 시조 한 수 읊으시고 고향 생각에 눈을 감는 낭만적인 수업 광경을 기대하시는지 모르지만, 우리들의 국어시간은 그게 아니다. 교수님은 몰라도 한참 모르신다.〉

나는 신입생들의 글을 읽으며 문득 『잃어버린 시간을 찾아서』라는 프랑스의 소설 제목이 생각났다. 한마디로 그들은 재수, 삼수의 일 년 혹은 이 년 동안이 한결같이 아깝다는 논조였다. 좀 더 세월이 흐르면 그래도 좌절과 실의 속에서 인생이 성숙한다는 해묵은 진리를 터득하면서 재수와 삼수가 그들의 인생에 낭비를 가져온 것만은 아니라는 마음이 싹틀 것이지만 지금 당장의 수험준비 기간이 온전히 잃어버린 시간 같은 생각이 드는 모양이다. 그러나 그들은 입시 준비 때의 그 지긋지긋한 점수 올리기가 가짜 공부였다는 것을 인정하면서도 그렇다면 진짜 공부가 무엇인지는 아직 모르고 있다. 시간을 아껴 가며 시력이 상하는 것도 아랑곳하지 않고 책 읽기에 열을 올리는 풍조는 발견할 수 없다. 고작

해야 신오리(신입생 오리엔테이션)다, 개파리(개강파티, '파티'를 '파리'로 바꾸어 부름)다 하여 술추렴 모임에서 목이 터지게 노래를 부르면 그것이 대학생의 낭만이라고 생각하는 것은 아닌지 모르겠다.

그들이 정말로 '잃어버린 시간'은 앞으로 전개될 대학 4년간이 될 수도 있다는 것을 어떻게 알려 주어야 할 것인가?

나는 학교 마당에서 낯익은 여학생을 만났을 때, 농담 섞어 이렇게 말했다.

"벌써 화장을 했어? 옛날엔 4학년이 되어야 보이는 듯 마는 듯 루즈를 칠했었는데…."

"선생님, 그때는 재수 삼수가 없었지 않아요. 세월이 아깝거든요."

들무새와 으악새

세검정 삼거리 한쪽 길가에 '들무새' 라는 간판을 붙인 다방이 있다. 처음에 이 다방 이름을 보았을 때는 '들무새' 라는 이름의 새도 있는가 보다고 생각하며 무심코 지나쳤었다. 그러다가 어느 날 나는 이 다방에 들어갈 기회가 생기자, 차를 주문하고 나서 종업원에게 물었다.

"들무새라는 새는 어떤 새요?"

"네? 들무새는 새가 아닌데요."

"그래요, 그럼 외래어인가?"

"아니에요, 순수한 우리말입니다 사전에도 당당히 실리어 있는…."

나는 그날 저녁 사전에서 '들무새' 가 적힌 항목을 찾아보고서야 이 낱말의 뜻을 짐작할 수 있었다.

〈들무새 명 ① 뒷바라지에 쓰이는 물건. 무엇을 만드는 데 쓰이는 재료. ② 남의 막일을 힘껏 도움. -하다.【타동】〉

아마도 이 낱말은 '들무-' 와 '-새' 의 결합형으로 추정되는데, 그렇다면 '들무-' 는 '도와주다' 의 뜻을 나타내는 '들다, 거들다' 와 관련이 있을 것이고, '-새' 는 '앉음새, 모양새, 걸음새, 생김새, 쓰임새' 등에 쓰이는 접미사로 보아야 되겠지만 이렇게 좋은 의미의 낱말이 세상 사람들에게서 잊혀진 까닭은 '들무새' 의 필요성을 별로 느끼지 않는 이기주의적인 세태와 무관하지는 않을 듯싶다.

다음은 '-새' 와 관련된 어떤 분의 이야기 :

흘러간 노래에 '아아 으악새 슬피 우니 가을인가요' 라고 시작되는 가사가 있다. 이 노랫말을 들을 때마다 나는 으악새가 어떤 새인지 궁금했다. 처음 듣는 새 이름일 뿐만 아니라, 그 이름이 재미있다고 생각되었기 때문이다. 우리나라 새 이름은 새의 울음소리를 흉내낸 의성어를 그대로 붙인 경우가 많은데, 그렇다면 '으악새'는 '으악, 으악' 하고 운다는 말인가? '으악' 소리는 비명에 가까운 것인데, 어째서 슬피 운다고 했을까? 이러한 궁금증을 오래 풀지 못하고 있다가, 어느 날 문득 '으악새' 생각이 떠올라서 그 항목을 찾아보고는 깜짝 놀라지 않을 수 없었다.

〈으악새 명 〈방언〉 억새.〉

〈억새 명〈식물〉 포아풀과에 속하는 다년초. 짧고 굵은 뿌리에서 무리 지어 돋아나는 줄기는 높이 1~2m이고, 잎은 폭이 1~2cm의 기다란 모양임. 7~9월에 자색을 띤 황색꽃이 길이 20~30cm의 방상(房狀) 원추화서(圓錘花序)로 피는데 작은 꽃 이삭은 길이 5~7mm임. 산이나 거친 들판에 나며 한국 · 중국 · 일본 등에 분포함.〉

이렇게 우리들은 많은 낱말들을 무심코 보아 넘기고 들어 넘긴다. '들무새' 사건은 생소한 낱말이니까 무시해 버린 경우이고, '으악새' 사건은 사투리로 변조된 낱말이어서 제멋대로 해석하고도 태평스레 지낸 경우이다. 그런가 하면 자기도 모르는 사이에 형성된 이상한 선입견에 사로잡혀 어떤 낱말을 오해하여 무식함을 고집하는 경우도 있다. 어떤 이는 아주 오랫동안 '다시마'는 일본말이요 '곤포(昆布)'가 우리말인 줄 알았다고 하는가 하면, 또 어떤 이는 '에누리'가 역시 틀림없는 일본말로 믿고 있었다고 말했다. 그들도 어느 날 '다시마'와 '에누리'의 정확한 우리말을 알고 싶어서 사전을 찾아보고서야 "업은 아이 삼 년 찾은 격"이 되었다고 그때의 놀랐던 심경을 고백하였다.

이러한 현상들은 왜 생기는 것일까? 크게 보면 나라말을 가볍게 여기는 풍조 때문일 수도 있겠고, 국어교육이 철저하지 못하여 사전을 가까이에 두고 의심날 때마다 찾아보고 확인하는 버릇이 생기지 않은 탓이라고 할 수도 있겠다. 그 모두가 어른이 된 지식인의 책임이요, 또한 국어를 가르치는 나 같은 이들의 부족한 정성 때문이 아닌가?

선조들의 십계명

말을 잘하는 것보다는 행실을 바르게 갖는 것이 우선하여야 한다는 것을 우리 조상들은 강조하였다. 참된 삶의 길이 행실에 있는 것이지 말하기에 있는 것이 아니기 때문이었을 것이다. 아마도 그것은 동양사상의 가장 핵심적인 요소인지도 모른다. 공자님은 논어(論語)에서 '강의목눌 근어인(剛毅木訥 近於仁)' 이라 하여 말을 조심하고 삼키는 행위〔訥〕가 어진 사람의 속성임을 강조하셨고, 또 '교언영색 선의인(巧言令色 鮮矣仁)' 이라 하여 말재주 부리는 짓〔巧言〕은 결코 어진 사람에겐 발견되지 않는다고 힘주어 말씀하셨다.

이처럼 말하기를 뒷전으로 돌리고 바른 행실을 앞세우는 사상은 우리 민족이 성현(聖賢)이 되기를 갈망하는 심성(心

性)과 함께 면면히 이어 내려온 아름다운 전통이 되었다. 그 대표적인 예를 우리는 율곡(栗谷) 이이(李珥)의 '격몽요결(擊蒙要訣)' 에서도 발견한다. '어리석음을 깨뜨리고 진리의 길로 들어가는 지름길' 이라는 뜻의 이 책을 읽노라면 구레나룻이 허연 할아버지가 어린 손자를 앞에 앉히고 오군조군 타이르는 모습을 보는 것 같다. 거기에는 열 가지의 행동지침이 밝혀져 있다. 이것을 일컬어 율곡의 십계명, 더 나아가 선조들의 십계명이라 하면 어떨까 생각되기도 한다.

이 책은 다음과 같은 서문으로 말문을 연다.

"사람이 이 세상에 태어나서 배우지 아니하고는 사람다울 수 없다. 배운다는 것은 별다른 것이 아니다. 아비가 되어서는 사랑해야 하고, 아들이 되어서는 효도해야 하고, 신하가 되어서는 충성해야 하고, 부부가 되어서는 본분을 지켜야 하고, 형제가 되어서는 우애가 있어야 하고, 젊은이는 어른을 공경해야 하고, 친구가 되려면 믿음이 있어야 하는 것이다. 모두가 일상생활을 하는 가운데 경우에 맞추어 올바름을 찾을 뿐이지 현묘(玄妙)한 데에 마음을 쏟으며 기특한 효과를 바라는 것이 아니다."

그리고 다음과 같은 열 가지 조목으로 행동지침을 밝히고 있다.

1. 입지(立志) : 뜻을 세움
2. 혁구습(革舊習) : 나쁜 버릇을 고침
3. 지신(持身) : 바른 몸가짐
4. 독서(讀書) : 책을 읽음
5. 사친(事親) : 부모님을 섬김
6. 상제(喪制) : 장례를 치름
7. 제례(祭禮) : 제사를 지냄
8. 거가(居家) : 잡안 생활
9. 처세(處世) : 사회활동
10. 접인(接人) : 인간관계

열 가지 가운데 어느 것 하나 버릴 것이 없다. 장례와 제사가 현대사회에서 불필요하게 되었는가? 아니다. 다만 형식적인 절차는 변했을지 모르지만 그 근본정신에는 변함이 없다.

자, 이제 기능 위주로 흘렀던 말 잘하기의 오늘날 교육이 왜 잘못되었는가를 곰곰이 반성하여 보면서 율곡의 말씀에 귀 기울여 보자.

"세운바 뜻이 정성스럽지 않은 채 날만 보낸다면 종신토록 무엇을 성취할 것이냐? …부귀를 부러워하며 빈천을 싫어하며 나쁜 옷을 입고 나쁜 음식을 먹는 것을 부끄럽게 여기는가? …의복은 화사할 것이 아니라 추위를 막게 할 뿐이며, 음식은 감미로움을 찾을 것이 아니라 주림을 채우게 할 뿐이며, 거처는 안일할 것이 아니라 병나지 않게 하면 될 것이다. …나를 훼방하는 사람이 있으면 반드시 돌이켜 스스로 반성하여, 만일에 나에게 참으로 훼방 받을 행위가 있었다면 스스로 꾸짖어 잘못을 고쳐야 하지 않겠는가? 만일 나에게 허물이 없는데 거짓말을 꾸몄다면 그가 망녕된 사람일 뿐이니 그런 사람에게 어찌 거짓과 참을 따지랴. 헛된 비방은 스치는 바람이거나 허공에 뜬구름과 같으리니 나에게 무슨 상관이 있으랴."

우리말·고운말

고운 말이 따로 있나

말은 인품을 담는 그릇이다. 교양이 있고 점잖은 사람의 말은 듣는 사람의 마음을 즐겁고 편안하게 만들지만 속되고 거친 사람의 말은 듣는 사람의 마음에 어두운 그늘을 드리운다. 그러면 말에는 이렇듯이 좋은 말과 나쁜 말이 따로 있어서 좋은 사람은 좋은 말을 쓰고, 나쁜 사람은 나쁜 말을 쓰는 것일까? 사전 속에는 좋은 사람이 쓰는 말과 나쁜 사람이 쓰는 말이 따로따로 실려 있는 것일까? 아무도 그렇게 생각하는 사람은 없다. 여기에 '자식 · 새끼 · 놈 · 가짜' 와 같은 낱말을 늘어놓아 보자. 우리는 대뜸 이러한 낱말에서 얼굴을 찡그리게 되는 욕설을 연상할지도 모른다. 그러나 이러한 낱말들은 경우에 따라서는 대단히 점잖고 아름다운 감정의 표현에 쓰일 수 있는 것들이다.

6·25를 소재로 한 텔레비전의 영화 장면을 보시다가 할머니께서 혀를 끌끌 차시면서 이렇게 말씀하셨다.

"자식 둔 골짜기는 호랑이도 돌아본다는데, 그래 자식을 잃고 발이 떨어졌겠니?"

겨울 방학 숙제를 하던 초등학교 일학년짜리 꼬마가 엄마에게 이렇게 묻는다.

"엄마, 엄마, 소의 새끼는 송아지, 말의 새끼는 망아지, 개의 새끼는 강아지, 그러면 돼지의 새끼는 왜 동아지라고 안 하지?"

이러한 말을 들으면서 '자식·새끼' 같은 낱말이 욕설로 쓰이는 나쁜 말이라고 할 수 있을까? 아무도 그렇게 생각하는 사람은 없다.

따라서 우리는 우리들의 국어사전 속에 들어 있는 낱말이면 어느 것이든지 우리가 사랑하고 아끼고 보존해야 할 귀중한 재산이라는 사실을 깨닫게 된다. 그렇다면 고운 말 좋은 말이란 무엇인가? 그것은 형편과 사정에 따라 꼭 알맞은 말을 일컫는다고 해야 하겠다. 기쁘면 웃고 슬프면 울듯이, 그리고 더우면 베잠방이·홑적삼에 부채질을 하고, 추우면

털배자에 토시 끼고 난롯가에 모이듯이 환경에 맞추이 찾아낸 말이면 모든 고운 말이요 좋은 말이다.

그러나 환경에 맞추어 찾아낼 수 있는 말이 꼭 한 가지라고 고집할 수 있는 것은 아니다. 이때에 우리는 말하는 사람의 성품과 기질에 따라 자기가 더 좋아하는 알맞은 말이 있다는 것을 인정해야 한다. 그러니까 고운 말이란, 말하는 사람과 그 사람이 처한 경우에 따라 달라질 수 있다. 화창한 봄날 들로 소풍을 간다고 하자. 영희는 노랑 저고리에 분홍 치마를 짧게 입었고, 순희는 연두색 스웨터에 수박색 바지를 입고 나왔다. 아무도 똑같은 옷감, 똑같은 색깔, 똑같은 디자인의 옷을 입지 않았으나 그들은 모두 개성미(個性美)가 돋보이는 차림새로 나타났다. 그들은 모두 예쁜 처녀들임에 틀림없지만 그들의 아름다움이 같은 멋을 풍기지는 않는다. 영희가 고전적이고 우아하다면 순희는 현대적이고 발랄하다고 말할 수 있다. 영희가 한국적이고 차분한 성격이라면 순희는 서구적이고 활달한 성품이라고 말해도 좋다. 따라서 그들의 그와 같은 독특한 개성은 그들의 말씨에서도 드러나게 될 것이다. 아마 영희는 한국의 전통이 오래 몸에 밴 집안의 아가씨이고, 순희는 그 부모가 외교관이어서 어렸을 때

외국에서 초등학교를 다닌 경험이 있는 아가씨일지도 모른다. 아니 그 반대일지도 모른다. 소풍 가는 날의 기분이 그들의 옷차림을 그렇게 만들었을 수도 있다. 허나 그들의 차림새가 자기 취향에 맞추어져 있는 것만은 틀림없다. 따라서 그들이 쓰는 말씨는 자기가 자라온 집안 배경과 성품을 바탕에 깔고 그때그때 형편과 기분에 따라 자기다운 표현을 보여줄 것이다. 어떤 때는 궁벽한 사투리도 쓸 것이고, 또 어떤 때는 고전에서 나온 말을 찾아낼 것이다.

때에 따라서는 외래어를 살짝 섞어 쓸지도 모른다.

결국 말은 말하는 사람의 개성과 인격을 드러낸다. 그리고 사람들은 대체로 자기의 본래 모습보다는 좀 더 돋보이려고 하기 때문이다.

이조 백자의 멋처럼

자신을 점잖은 사람, 또는 얌전한 사람으로 평가받고자 하는 사람이라면 누구든지 사용하는 낱말〔語彙〕이나 말씨〔語調 · 話術〕에 신경을 쓴다. 첫선을 보러 가는 새색시나 취직 시험에 면담을 하러 가는 수험생을 연상해 보기로 하자. 아마 그들은 자신이 알고 있는 낱말들 가운데에서 어떤 낱말이 자기가 표현하려는 내용에 가장 알맞은 것인가를 찾아내려고 애쓸 것이다. 그리고 자신의 음성 중에서 가장 꾸밈새 없이 우아한 음성으로, 너무 느리지도 또 너무 빠르지도 않게, 지나치게 높은 음성도 아니요, 그렇다고 목구멍 속으로 기어드는 음성도 아닌 자연스런 목소리로 이야기를 주고받을 것이다.

이러한 경우에 쓰이는 말을 우리는 흔히 고상한 말, 또는 우아한 말이라고 부른다. 물론 고상하다거나 우아한 말이 따로 있는 것은 아니다. 야비하거나 천박한 느낌을 주는 낱말만 쓰지 않는다면 아마 모든 낱말은 대체로 우아한 말에 쓰일 수 있을 것이다.

'뱀이 물을 마시면 그 물은 독(毒)이 되고, 소가 물을 마시면 그 물은 우유(牛乳)가 된다.' 고 하는 경귀(驚句)가 전한다. 언어(言語)는 이 경귀에 나오는 물과 같아서 쓰는 사람의 심성(心性), 교양(敎養), 지식(知識)에 따라 약(藥)도 되고 독(毒)이 될 수도 있다.

그러나 어떤 부류의 낱말들은 처음부터 고상한 맛을 풍기기도 한다. 예스러운 말들은 대체로 그러하다. 예스러운 말이란 무엇인가? 수백 년 전 우리 조상들이 쓰던 말을 우리는 옛말이라고 한다. 그 옛말은 이미 시대 환경이 달라진 오늘날 그 옛말의 원뜻〔原意〕과 그때의 제 소리〔原音〕로 재생될 수 없다. 그런데 얼마만큼 발음도 의미도 바뀌기는 했으나 그래도 옛날의 모습을 지니고 있으면서 지금 사용해도 그렇게 어색하지 않은 낱말이 없지 않다. 그런 것들은 조심스럽게 다시 쓸 수 있을런지도 모른다. 그러한 낱말들을 우리는 예스러운 말이라고 부른다. 이 예스러운 낱말들은 현대식 가구(家具)들 사이에 놓여 조화를 이룬 이조 백자처럼 그 전아(典雅)한 품위를 더욱 돋보이게 할 수 있다.

이제 다시 살릴 가능성이 있는 몇 개 낱말을 검토해 보기로 하자.

① "영희야, 점심시간에 '적은 덧' 만나줄 수 있지?"

잠간(暫間)이라는 한자에 기원된 낱말보다 훨씬 운치가 있고 또 쉽게 알아들을 수 있다. '어느덧' 이 현대어에 있기 때문이다.

② "노력을, '가장했는데도' 알아주지 않는 걸 뭐."

어떤 회사원의 푸념이다. 가장〔最〕이라는 부사(副詞)를 그대로 '-하다' 에 연결시켜 '힘껏 일하다' 의 뜻을 나타낼 수 있다. 중세 국어에서는 '다하다〔盡〕' 의 뜻으로 자주 쓰이었다.

③ " '나아걷지' 않으면 그것은 곧 '물러걷는' 것입니다. 발전하는 현대 사회에서 제자리 걸음이란 있을 수 없습니다."

'나아걷다' 는 '진보(進步)하다' 이고, '물러걷다' 는 '퇴보(退步)하다' 의 뜻이다.

중세 국어에서는 두 개의 동사를 연결하여 복합동사를 만드는 방법이 널리 사용되고 있었다. 지금은 대부분의 동사를 한자어에 의존하고 있어서 이런 방식을 잃어버리고 말았다.

'다니다'는 원래 '돋(行)+니(去)-'에서, '나타나다'는 원래 '나투〔現〕+나〔出〕-'에서 생긴 말이다.

이와 같은 방법으로 예스러운 말을 하나씩하나씩 찾아 쓴다면 그 운치는 양장을 한 여인들 사이에 세저(細苧) 모시 치마 · 저고리를 물색 곱게 지어 입은 청초한 여인을 보는 것처럼 삽삽한(환하게 밝은) 깃거움(기쁨)을 맛볼 것이다.

그러나 그렇게 다시 살린 낱말들이 새로운 생명을 얻으려면 셰익스피어 같은 위대한 문인을 기다려야 한다.

더구나 셰익스피어를 알아주는 교양 있는 시민이 없다면 셰익스피어인들 어찌 생길 것인가?

어린이의 눈으로 새로운 표현을

일찍이 그리스의 철학자 플라토는 언어[말]을 일컬어 생각을 담는 그릇이라고 말하여 언어를 의사 전달(意思傳達)의 도구(道具)로 정의하였다. 언어의 가장 중요한 기능이 의사소통이고 보면 플라토의 견해가 당연한 것이라고 인정하지 않을 수 없다. 그러나 언어는 단지 의사 전달의 도구, 즉 생각을 담는 그릇이기만 한 것인가? 아마도 언어는 그 이상인 것 같다. 만일에 언어가 의사 전달의 도구이기만 하다면 우리 한국 사람들이 영국 말을 사용하거나 프랑스 말을 사용한다고 해도 좋을 것이다. 그리고 경상도 사람들이 평안도 사투리를 쓰거나, 강원도 사람들이 전라도 사투리를 쓰면서도 자기네 사투리를 쓸 때와 조금도 다름이 없는 감정을 느껴야 옳을 것이다. 그러나 사실은 그렇지 않다. 더구나 우리나라가 일제 치하에서 삼십여 년간 식민지 생활에 찌들어 살 때에 우리는 기를 쓰고 우리 한국말을 지켜 나가고자 하였다. 그 까닭은 한국말이 곧 한국 사람을 증명하는 증명서의 구실을 하기 때문이었다. 따라서 언어는 의사 전달의 도구일 뿐만 아니라 말하는 사람이 누구인가를 밝히는 동일인 증명(同一人證明)의 수단이기도 하다. 그러니까 점잖은 사람은 그의 말도 점잖은 것이요, 경박한 사람은 그가 쓰는 말도 경박할 수밖에 없다.

한 사람의 말이 어떻게 그 사람의 생각의 깊이며 삶의 폭을 나타내주는가 하는 문제를 생각해 보기로 하자. 첫돌이 지난 지 얼마 안 되는 아가가 어른들과 같은 밥상에서 밥을 먹게 되었다. 키가 작으니까 할머니가 낮잠 주무실 때 베는 목침을 의자처럼 깔고 앉아 밥을 먹게 하였다. 몇 년 그렇게 식사를 한 뒤에 아가는 밥을 먹을 때마다 "엄마! 맘마—앉아줘, 맘마—앉어." 하고 그 목침을 찾는 것이었다. 아가는 목침이 낮잠 잘 때에 베고 눕는 물건으로서가 아니라 맘마 먹을 때에 앉는 의자이었기 때문에 그 목침의 이름을 '맘마—앉어' 라고 붙인 것이었다. 그 아가가 세 살이 되었다. 하루는 뒤뜰에서 채소밭을 가꾸는 할머니의 일하시는 모습을 쪼그리고 앉아 구경하고 있었다. 일을 끝마치신 할머니를 따라 일어날 때에 너무 오래 앉았었던지 다리가 저렸던 모양이었다. 아가는 할머니를 불렀다.

"할머니 나 좀 봐."

"왜 그러니? 아가야."

"내 다리가 이상해. 다리가 솜 같고 바늘 같고 뜨거워."

할머니는 아가의 말이 무엇을 뜻하는지 곧 알아들으셨다.

"오냐, 네가 쪼그리고 앉아 있었으니까 그렇지. 다리가 저린가 보구나."

'저리다'는 감각적 현상이 세 살짜리 아가에게 처음 경험되었을 때에 아가는 어떻게 하여서든지 그 느낌을 나타내야만 하였다. 그때에 아가는 이미 자기가 알고 있는 말들, 즉 이미 경험하였던 세계의 것으로부터 새로운 말, 즉 새로이 경험한 사실을 밝혀야 하는 추리(推理), 유추(類推), 응용의 세계에 들어선다. 그때에 아가가 찾아낸 것은 솜 · 바늘 · 뜨겁다의 세 가지 낱말이었다. 과연 '저리다'는 느낌이 그럴듯하게 전달되었다고 생각된다.

시인이 사물을 관찰할 때에 어린아이처럼 티없는 감정을

가진다면 그의 언어가 역시 티없이 맑고 깨끗하게 짜여진다고 한다. 아마 이 말은 사물을 습관적이고 일상적인 관점으로 바라보는 것이 아니라 어린아이처럼 새로운 놀라움과 감동으로 바라보고 느끼는 사람이어야만 시(詩)에 쓰이는 말을 찾아낼 수 있다는 뜻일 게다.

그렇다면 다시 생각해 볼 일이다. 한국말에 부족한 것이 있다면 그것은 한국 사람들이 한국말을 사랑하지 않기 때문이 아닐까? 표현은 풍부할수록 좋다. 사시장철 보는 해〔太陽〕라도 새벽녘 삼각산 봉우리에 올라서서 보는 해와 저물녘 한강가에서 김포평야 너머로 지는 해가 같지 아니한데 우리는 단지 아침 해, 저녁 해로 만족해야만 하는 것인지.

'한 마디 말'의 가치

'한 마디 말로 천 냥 빚을 갚는다' 는 속담이 있다. 우리는 때때로 기백만 원 기천만 원의 돈보다 한 마디 따뜻한 말씨를 더 값나가는 보물로 생각한다. 이 세상에는 금전상의 가치에 비교할 수 없는 아름답고 고귀한 가치가 따로 있기 때문이다. 생명을 아끼는 마음씨, 아름다움을 즐기는 마음씨, 남을 사랑하고 존중하는 마음씨 같은 것들은 정말이지 돈으로 바꿀 수 있는 성질의 것이 아니다. 그러나 이처럼 돈 안들이고 성취할 수 있는 일임에도 불구하고 그러한 일들이 그다지 쉽지 않은 까닭은 무엇인가? 아마도 그 이유는 우리가 겸손과 사랑에 인색하기 때문일 것이다. 우리의 마음속에 교만의 찌꺼기가 조금이라도 들어 있는 한 우리는 한 마디 말로 천 냥 빚을 갚는 온화한 마음씨의 주인공이 될 수 없다.

새로 시집을 간 새색시가 갖추어야 할 언어 교양의 문제를 이 마음씨에 관련시켜 생각해 보기로 하자. 요즈음은 옛날과 달라서 시집 간 새색시가 층층 시하 많은 시집 식구들의 틈바구니에서 숨도 제대로 못쉬고 시집살이를 하지는 않는다. 핵가족 제도가 일반화하여 서로 딴살림을 한다. 모처럼 시집 식구를 만난 뒤에 새 며느리가 시집 식구들로부터 크게 지탄을 받는 일이 많아졌다. 새 며느리가 시어머니에게 '어머님' 이란 호칭을 쓰지 않았기 때문에 빚어진 비난이다.

시어머니와 며느리의 관계는 그야말로 법으로 묶인 부모자식의 관계이니만큼 친정어머니와 딸의 관계처럼 정이 오고 가지 않을지도 모른다. 또 시어머니는 이미 지나간 세대의 어른이므로 배운 것도 별로 없고 교양이 없을 뿐 아니라 성격이 괴팍할 수도 있다. 그리하여 객관적으로 보면 형편없는 시어머니에, 훌륭한 며느리일 수도 있다. 그렇다고 하여도 며느리가 시어머니를 '어머님' 이란 호칭 없이 대화한다는 것은 있을 수 없는 일이다. 그런데 어찌하여 이 한 마디 말을 아껴서 어른으로 하여금 가슴을 아프게 하는 상처를 입히고 며느리 자신은 스스로 교만한 여인의 불명예를 초래하는지 모를 일이다.

한국어는 예부터 경어법(敬語法)이 지극히 발달한 언어이었다. 이 경어법은 만들어진 이유를 간단하게 밝힐 수는 없으나 그 근본 취지가 말을 하는 사람이 스스로를 낮추려는 의도에서 출발하였음은 움직일 수 없는 사실이다. 그 결과 말속에 나오는 주인공이나 말을 듣는 사람을 높일 수 있었던 것이다. 다시 말하면, 오늘날 문법에서 말하는 존비법(尊卑法)의 문체는 그 기본 바탕에 말하는 사람의 겸양(謙讓)과 자기 비하(自己卑下)의 미덕이 숨겨져 있다. 이러한 미덕으로부터 한국의 문화는 동방예의지국으로 꽃피웠던 것이 아닌가 싶다.

우리는 이제 와서 이미 시대 감각에 뒤떨어진, 그리고 어떻게 보면 지나치게 굴종(屈從)적인 가족 호칭을 쓸 필요를 느끼지 않는다. 아가씨, 도련님 따위는 쓰지 않아도 좋다. 그러나 시댁의 어른을 부르는 '아버님', '어머님' 같은 호칭이야 천만 년이 흐른 뒤인들 없애 버릴 수 있는가?

근년에 와서 젊은 부부들은 서로 상대방을 '자기'라는 대명사로 나타내고 있다. 이것은 원래 3인칭 대명사의 재귀적 용법으로 쓰이던 것이어서 세대가 조금이라도 낡은 사람들에게는 생소하거나 낯간지러운 표현으로 들린다. 그러나 그렇다고 '자기'가 부부의 상호 간 호칭으로 쓰일 수 없는 것은 아니다. 그것이 '여보·당신' 같은 낱말보다 더 정겹게 느껴지기만 한다면, 그래서 부부간의 사랑을 더욱 확실하게 할 수만 있다면 '자기'야말로 이 세상에서 가장 아껴야 할 낱말이 될 것이다.

그러나 여기에 분명히 지적해 두어야 할 한 가지 사실은 그 '자기'라는 호칭이 함축하고 있는 의미 속에는 상대방에 대한 은은한 존경심 같은 것, 그리고 말하는 사람 자신을 다소곳이 낮추는 겸양 같은 것이 발견되지 않는다는 점이다.

자신을 겸손되이 낮춘다고 하여서 남녀평등이 아니 된다거나 민주주의가 실현되지 않는다고 생각할 수는 없다. 그렇다면 우리는 되도록 스스로를 끝없이 낮춤으로써 상대방을 존중하고 기쁘게 해 드리는 너그러움을 실천하여야 할 것이다. 어느 것이 더 좋은가 다시 한번 비교해 보자.

"자기! 뒷마당의 빨래 좀 거두어 줘요."

"저 좀 보세요. 아가가 젖을 물고 있어서 못 나가겠어요. 빨래 좀 걷어다 주세요."

옛 어른의 한글 편지

신파극의 대사를 흉내 내는 코미디언들이 잠시 유행시켰던 말투가 있었다. 말끝에 쓰이는 어미 '-다', '-오' 등을 생략하고 바로 그 앞에 놓이는 어미 '-니', '-시' 등을 높은 음으로 길게 뽑는 것이었다.

'안녕하십니이', '어서 오십시이'. 우리들은 얼마 전까지만 해도 이와 같은 유행의 말투를 흉내 내면서 무관한 친구 사이와 즐거운 한때를 가진 경험이 있다. 그러나 그것은 한갓 농담이요, 심심풀이에 지나지 않았다. 왜냐하면 그러한 말투가 정상적인 언어생활에서는 결코 용납될 수 없기 때문이었다. 그럼에도 불구하고 이와 같은 말장난이 꽤 널리 유행했던 데에는 그럴 만한 이유가 있을 것이다. 우리는 그 이유를 두 가지 관점에서 생각해 볼 수 있다. 첫째는 언어 경제의 측면으로서 할 수만 있다면 말을 짧게 하자는 욕구이고, 둘째는 발화 심리의 측면으로서 말하는 사람이 듣는 사람에게 친숙한 감정을 나타내고 싶어하는 욕구이다. 이 두 가지 욕구가 그와 같은 희극적 말투를 만들어냈을 것이다.

우리 말에는 말하는 사람과 듣는 사람이 나이, 성별, 신분, 계급 등에 따라 복잡한 등급을 나타내는 문체법을 가지고 있다. 그러나 때로는 그것이 대단히 번거롭고 거추장스럽게 느껴진다. 사람들은 가끔 벌거벗은 알몸을 보이듯 툭 터놓고 말하고 싶은 충동을 느낄 적이 많기 때문이다. 이럴 때마다 '좋은 아침', '당신께 감사', '안녕', '축하' 등 명사로 끝내는 서양의 인사법이 얼마나 간결한지 부러움을 느끼곤 한다.

그러면 우리 말에는 이처럼 간결한 표현법이 없었던가! 그렇지 않다. 옛사람들의 한글 편지〔諺文書札〕를 보면 깍듯한 존경과 예의를 갖추면서도 불필요한 군더더기를 서슴없이 잘라 버리고 하고 싶은 내용만 요령 있게 전달하는 재주를 가지고 있었다. 재주라기보다는 하나의 관습이었으면서도 오늘날 우리에게 그것이 재주처럼 보이는 까닭은 이미 그러한 관습적 전통이 단절되었음을 뜻하는 것이다. 이제 그 전통의 부활을 위해 추사 김정희(秋史 金正喜) 선생의 언문 서찰 하나를 감상하기로 하자.

> 거번(去番) 인편(人便)에 적사오시니 보압고 든든하오며, 그 사이 인편 혹 있사오대 서역(書役)이 극난하여 못하였사오니 죄많삽. 오직 꾸짖어 겨오시리잇가. 날이 사월이라 없이 이리 춥사오니 뫼와 일양(一樣)들 하시압. 아버님겨오셔 감후(感候)로 미령(未寧)하오시다 하오니 어떠하오신지. 즉시 평복(平復)하오시고 제절(諸節)이 일양이오신지 외오셔 초조(焦操)가이 없삽. …(중략)… 내내 평안하시기 바라압.

이 편지는 추사 선생이 서른세 살 때에 대구 감영에 시아버님을 뵈오러 내려가 있는 아내에게 보낸 글이다. 정중한 존칭을 쓰면서도 종결어미의 일부를 과감하게 생략하고 있다. 이해를 위해 보다 쉬운 현대어로 옮겨본다.

> 지난번 인편에 (당신께서) 적으셨사오니 (그 글을 내가) 보고 든든하게 생각하오며, 그 사이 혹시 인편이 있었사오

나 글쓰기가 몹시 힘들어 못 하였사오니 죄많삽. 오직 꾸짖음 있으시겠습니까? 날씨가 사월이라 하건만 전에 없이 이렇게 춥사오니 어른들 모시고 한결같으시압. 아버님께서 감기로 편치 않으시다 하오니 어떠하오신지. 곧 회복하오시고 활동하심이 전과 같으시온지. 외로이 떨어져서 초조하기 끝이 없삽. … (중략) … 내내 평안하시기 바라압.

이 글에서 '죄 많삽, 초조 가이 없삽' 같은 말은 그 끝에 '-나이다'가 붙어야 할 것이고, '일양들 하시압' 다음에는 '나이까?'와 같은 의문형의 종결어미가 붙어야 할 것이다. 그러나 옛 어른들은 문맥에 의해 이해될 수 있는 부분은 그것이 의문형이건 서술형이건 서슴치 않고 떼어 버렸다. 그러면서도 겸양을 나타내는 '-압-'만은 써넣기를 잊지 않았다. 가령 '잠 적삽(잠깐 적었사옵니다)', '긴 사연 줄이압(긴 말씀은 줄이옵나이다)' 같은 것은 편지 끝에 흔히 나오는 구절이거니와 이 얼마나 간결하고 공손하고 또 멋이 있는가? 이러한 편지 문투는 오늘날에도 여전히 매력있는 표현법이 될 수 있을 것이다. 거기에다 예스러운 한자어를 조심스럽게 섞어 쓴다면…….

문화점검(文化點檢)

한국의 문화 상징 열 가지

하루가 다르게 이 세상은 세계화·국제화의 물결 속에 휘말리고 있고, 그럴수록 한국이라는 나라와 한국인이라는 민족 공동체는 세계 속에 제 모습을 분명하게 드러내야 할 절박한(?) 형편이 되었다. 세계화가 빠른 속도로 진행하면 할수록 우리는 더욱더 '우리다움'을 지니며 살아야 하기 때문이다. 이러한 시대적 요구에 맞추기 위해 우리 정부는 무엇을 '우리다움'의 징표로 내세울 것인가를 고민하면서 뽑아놓은 것이 다름 아닌 '한국의 문화 상징 열 가지'이다.

그것은 무엇보다도 외국 문화와 뚜렷이 구별되는 것이어야 한다. 그러면서도 평이하고 단순하여 쉽게 눈에 띄는 것이어야 하며, 이미 이 세상에 얼마간 알려진 것이라면 금상

첨화(錦上添花)일 것이다. 그런 것이라면 인종과 종교를 초월하여 누구에게나 호감을 줄 것이다. 그리고 그것은 일상의 생활 속에서 자연스럽게 접할 수 있어야만 한다. 이러한 조건을 모두 구비한 것이 어디에 있겠는가? 그러나 우리는 다음과 같이 최상급 다섯 가지와 차상급 다섯 가지를 고를 수 있었다. 최상급 다섯 가지는 다음과 같다.

1) 한글 2) 한복 3) 김치 · 불고기 4) 불국사 · 석굴암
5) 태권도

한글이 우리 민족을 대표하는 문화 상징의 첫째라는 데에 이견을 내놓을 사람은 아무도 없을 것이다. 그것은 우리말을 담는 그릇이며 더 나아가 우리말이 담고 있는 민족의 정신을 표상하는 것으로 승화할 수 있기 때문이다. 그다음으로 한복, 김치 · 불고기, 불국사 · 석굴암으로 이어진다. 이것들은 한국 사람의 의식주(衣食住)를 대표하고 상징한다는 점에서 더없이 합당한 것이라고 생각된다. 옷과 음식과 집, 이 기본적인 삶의 세 가지 요소에서 우리가 세상에 내놓으며 자랑할 것이 있다는 것은 이미 우리가 이 세상의 일등 민

족이라는 선언을 하는 셈이다. 그리고 다섯 번째로 태권도가 이어진다. 여기에 이르러 강건한 육체의 민족적 자부심이 꽃을 피운다. 첫 번째, 정신문화의 알맹이인 문자 한글이 있고, 그다음에 의식주를 대표하는 한복, 김치 · 불고기, 불국사 · 석굴암이 있으며 그 끝에 육체 문화의 수문장 태권도가 버티고 있다.

이만하면 세계를 선도할 자격을 갖춘 민족이 아니겠는가? 다음으로 차상급 다섯 가지는 다음과 같다.

6) 고려 인삼 7) 탈춤 8) 종묘제례악 9) 설악산
10) 세계적 예술인

이들 다섯 가지에 대하여는 더러 다른 견해를 내놓는 사람이 있을 수 있다. 고려 인삼이 한국을 대표하지 않는 바 아니나 어딘가 꺼림칙하다. 왜냐하면 인삼이란 명칭이 국제적으로는 '진생'이라는 일본말이기 때문이다. 탈춤과 종묘제례악은 그런대로 수긍이 간다. 그러나 설악산은 북한에 있는 금강산과 백두산에 비하면 그 격이 떨어진다. 끝으로 세계적 예술인(정명훈, 백남준 등)이 자랑스럽지 않은 것은 아

니나 세계적 학자가 없다는 점에서 짝을 잃은 것 같아 서운하기 그지없다.

우리는 차상급 다섯 가지의 갱신을 위해 다가오는 21세기에는 피나는 노력을 기울여야 할 것이다.

'돈'에 담긴 문화 의식

내 사무실 정면 벽에는 편액(扁額) 하나가 걸려 있다. 작년 초에 IMF 사태로 온 국민이 어려움을 겪고 있을 때 만든 것인데 돈 문제의 해결은 돈 속에 있다는 내 평소의 신념을 적은 글자가 적혀 있다. '돈 문제의 해결은 돈 속에서' 라는 내 생각은 이열치열(以熱治熱)이라든가 약존어독(藥存於毒 : 독 속에 약이 있다.) 같은 동양 전래의 통념에 뿌리를 둔 것이지만, 그 뿌리가 싹을 틔운 것은 IMF 사태 덕분이라고 할 수 있다.

한 나라의 경제 구조가 그 나라의 문화 의식과 깊은 관련을 맺고 있다면, 세상 사람들은 조금은 의아해할 것이다. 그러나 나는 어쩌다 외국 나들이에 나갔다가 그 나라의 돈을 보면서 돈과 문화 의식이 너무나 밀접하게 묶여 있다는 사실을 알게 되었다. 내 사무실 벽에 걸린 편액에는 여섯 개의 글자, 세 개의 낱말이 적혀 있다. 첫째 낱말은 이타(利他)요, 둘째 낱말은 지경(持敬)이요, 셋째 낱말은 활간(活看)이다. 어찌 보면 불교 냄새도 나고 또 유교의 냄새도 풍기는 이 낱말은 어떻게 찾은 것인가?

내가 일본에 처음 갔을 때 일본 돈에서 처음으로 만난 인물은 이토 히로부미(伊藤博文)였다. 초등학교 시절부터 이등박문과 안중근 의사를 함께 공부해 온 나로서는 우리 민족이 원수처럼 여기는 사람이 일본에서는 돈에 찍히어 존중된다는 사실을 선뜻 받아들일 수가 없었다. 그러나 즉시 "아하, 이등박문은 일본 사람들에게는 일본 근대화의 은인이로구나."라는 결론을 내리게 되었다. 또 다른 일본 종이돈에는 나쓰메 소세키(夏目漱石)와 후꾸자와 유기치(福澤諭吉)가 찍혀 있었다. 이들은 누구인가? 모두 19세기 말엽에서 20세기 초엽에 걸쳐 일본의 근대화에 박차를 가했던 인물이 아닌가. 이토는 정치가요, 나쓰메는 소설가요, 후꾸사와는 사상가였지만 모두 비슷한 시기에 일본을 서구 열강의 대열에 올려놓는 데 주춧돌이 된 사람들이었던 것이다. 종이돈에 찍힌 인물만을 놓고 본다면 일본은 백여 년 전의 근대화 정신을 먹고 사는 나라라고 할 수 있다.

그렇다면 우리나라의 종이돈은 어떠한가? 만 원짜리에 세종대왕, 천 원짜리에 퇴계 이황(李滉) 선생, 그리고 오천 원짜리에 율곡 이이(李珥) 선생이 모셔져 있다. 사백 년에서 오백여 년 전 조상의 정신을 흠모하며 사는 사람이 다름 아닌 우리들이다. 그러면 우리는 이분들의 어떤 점을 흠모한다는 말인가? 나의 편액에 적힌 세 개의 낱말은 바로 이들 세 분의 조상이 평생의 삶으로 가르쳐 주신 말씀이다. 세종대왕은 백성들의 복리 증진을 위해 임금 노릇을 하신 분이다. 남을 이롭게 한다는 뜻의 '이타(利他)'는 세종대왕의 삶이었다. 퇴계 이황 선생은 벼슬자리에 나아가거나 도산서원을 차리고 제자들을 가르칠 때이거나 한결같이 삶의 기본을 겸손에 두었었다. 입버릇처럼 경(敬)의 중요성을 강조하였다. 언제나 겸허(謙虛)의 마음을 지니며 사셨다. 그것을 퇴계 선생은 '지경(持敬)'이라 말씀하셨다. 이제 남은 것은 율곡 선생의 가르침이다. 율곡 선생이 돌아가시기 전에 당시의 국제 정세를 조감하면서 십만양병(十萬養兵)을 목청 높여 주장하였다. 그러나 그때에 선생의 말씀에 귀 기울이는 사람은 별로 없었다. '활간(活看)' 이란 살아 있는 통찰력으로 멀리 바라보는 슬기를 뜻한다.

만일에 우리가 천 원짜리, 오천 원짜리, 만 원짜리 지폐를 매일같이 사용하면서 하루에 단 한 번이라도 '이타' 와 '지경' 과 '활간' 의 정신으로 우리의 경제 생활을 꾸려가는가를 반성하였다면 우리나라에 IMF 사태가 찾아왔을까? 여기에 이르러 우리나라의 경제적 난국은 어느 누구의 탓도 아닌 우리들 자신의 어리석음 때문이었음을 깨닫는다. 그러나 지금이라도 늦은 것은 아니다. 세종과 퇴계와 율곡을 우리 조상으로 모셨다는 사실과 그분들의 가르침 '이타', '지경', '활간' 을 실천할 의지가 있기만 하다면.

가정의례와 민족 정서

우리는 미국이라는 나라에 대하여 매우 복잡한 감정을 지니고 있다. 정치 · 군사적으로 우방 국가이긴 하지만 경제 · 문화적 차원에서는 서로 다른 방향을 택할 때가 많기 때문이다. 6 · 25 때 베풀어준 원조에 고마움을 느끼면서도 가난한 흥부네가 넉넉한 놀부 형님에게 갖는 서운함을 동시에 품고 있다. 그러나 총체적으로 미국에 대한 감정을 한마디로 요약한다면 그것은 밑도 끝도 없는 '부러움' 일 것이다.

그러면 우리는 미국의 무엇을 부러워하는가? 그것을 나보고 말하라면 나는 첫 번째로 단일한 의식 절차를 손꼽겠다. 새로 당선된 미국 대통령이 취임 선서를 할 때 한 손은 성서에 얹고, 다른 손은 곧추세운 모습, 그것이 제일 부럽다.

그것은 미국의 정신·도덕·문화적 기초가 그리스도교의 가르침을 벗어나지 않는다는 것, 그리고 미국 사람들의 생활 중심 축에는 언제나 성서가 놓여 있음을 증명하는 것이기 때문이다. 다양한 민족이 제각기 다른 종교를 믿으며 다른 풍습과 다른 음식을 먹으며 모여 사는 다종족 국가이건만 하나의 종교 예절이 공식적인 예식에서 전 국민을 하나의 공동체로 묶을 수 있는 나라, 그것이 미국이다.

우리나라의 사정은 어떠한가? 박정희 전 대통령의 장례식을 회상해 보기로 하자. 그때의 장례 예절은 천주교, 개신교, 불교 세 종교 대표자의 연합 집전이었다. 정확하게 표현하면 세 종교 단체 성직자들이 차례대로 기도하고 염불하는 혼합 예절이었다. 그렇게 잡탕을 만든 것은 그렇게 해야만 비로소 온 국민이 그 추도에 동참했다는 의식을 가질 것이라고 생각했기 때문이었다. 이러한 사실로 미루어 볼 때, 우리나라는 국민의 기본 정서, 기본 사상이 단일하다고 말할 수 없는 처지가 되었다. 우리는 언필칭 단일민족, 단일 언어, 단일 문화라고 입을 모아 말하지만 어느 틈엔가 아버지는 성당에 가시고, 어머니는 예배당에 가시고, 아들·딸은 법당을 찾는 혼합 종교 가족을 구성하게 되었다.

이때 그 가족 구성원들이 각자의 종교 생활을 인정하고 서로 화목할 수 있다면 참으로 다행스러운 일이요, 어떤 면에서 바람직하다고 하겠으나, 사정은 그렇게 단순하지가 않다. 종교적 속성 속에는 '나'는 옳고 '남'은 그르다고 하는 독선적(獨善的) 요소가 있기 때문이다. 누구나 자기가 믿는 종교를 절대 진리라고 생각한다. 자기식대로 살지 않는 것을 측은하게 여기기도 하고 죄악시하기도 하며 심하면 적대시하기까지 한다. 여기에서 분란의 싹이 트고 민족 공동체의 단일성 의식에 금이 간다.

우리나라는 예부터 유교와 불교가 조화를 이룬 관혼상제(冠婚喪祭)가 치러져 왔다. 그러나 금세기에 들어와 천주교, 개신교, 불교의 삼극화(三極化) 현상은 이러한 전통 예절에 혼란과 분열을 발생시켰다. 관례는 이미 없어졌으니 이야기할 필요가 없다. 혼례는 혼인 당사자와 그 가족들의 결정 사항이므로 축하객은 구경꾼으로 머물면 그만이니까 특별히 문제 삼지 않아도 된다. 제례(祭禮)도 가정 안의 문제이므로 외부 사람과의 갈등이 발생하지 않는다. 그러나 상례에 오면 사정이 달라진다. 돌아가신 분을 추모하고 그 가족을 위로해야 하는 조문객은 단순한 바깥 사람이 아니다. 그들은 각자 자기의 종교가 있고, 그 종교 방식대로 돌아가신 분의 명복을 빌고 싶어한다. 냉정하게 생각해 보면, 그것은 문상 온 분이 돌아가신 분에게 드릴 수 있는 고유 권한이라고 할 수 있다. 그런데 어떤 가정에서는 그 가정이 선택한 종교 예절에 따라 조문할 것을 강요(?)한다. 분향을 해야만 명복을 비는 보람을 느끼는 사람에게 분향도 할 수 없게 할 뿐만 아니라, 절도하지 말라 하고 흰색의 국화꽃 한 송이를 영정 앞에 올려놓고 어색한 묵념을 시키는 일이 항다반사(恒茶飯事)로 벌어지고 있다.

우리는 상주(喪主)가 베옷에 굴건(屈巾)을 쓰고 대지팡이를 짚고 서있기를 바라는 것이 아니다. 생활 양식이 달라지면서 상복의 변화가 온 것은 역시 세상의 흐름에 따른 것으로 보아 넘길 수 있다. 더 나아가 분향을 없애는 것도 참자면 참을 수 있다. 그러나 '절' 도 못하게 하는 것은 분명 문상객에 대한 상주의 횡포라는 생각을 지울 수 없다.

단일민족이라고 단일성을 강조하던 우리나라 사람들이 민족 정서의 기본 공감대가 무너져 가는 이런 현상을 제도적으로 정리할 수는 없는 것일까? 천주교, 개신교, 불교가 단일한 예식 절차를 진행하면서도 서로 만족하며 행복할 수는 없을까?

현재로서는 특별한 묘책이 없는 것 같다. 그렇지만 국화꽃 한 송이를 영정 앞에 덜렁 얹어 놓을 때에는 가슴속에 찬바람이 일며 한없이 허전하다.

'앞장서기' 위하여

새 정부가 들어서면서 '세계화' 라는 낱말이 잘 쓰이지 않는 듯하다. 앞선 정부가 세계화를 기치로 내걸고 국민들의 시선과 거취를 나라 밖으로 돌리며 간덩이만 부풀리다가 경제 난국을 맞았으니 이제 세계화라는 말만 들어도 그것이 곧 지난날의 실정(失政)을 불러온 원인이라고 생각하는지도 모르겠다.

그러나 이 세상은 '하나의 지구에 하나의 인류' 라고 하는 대명제를 향하여 도도히 흘러가는 강물이다. 그러므로 우리는 그 세계화의 흐름에서 벗어날 수도 없고, 그 흐름을 늦출 수도 없다. 다시 말하여 우리는 그 세계화의 물결 한복판에 들어 있는 것이다. '세계화' 라는 낱말이 듣기 싫으면 '지구촌에 함께 살기' 또는 '지구촌에 앞장서기' 쯤으로 말을 바꿀지언정 우리의 행보를 멈출 수가 없게 되어 있다. 역설적이기는 하지만 우리의 경제가 국제기구의 원조를 받으면서 회생의 몸부림을 치는 것 자체가 국제 경제의 세계화를 반증하는 것이다.

그런데 문제는 우리 국민이 그 '앞장서기'에 적극적으로 나서려는 자세가 되어 있는가 하는 점이다. 앞장서기 위하여 우리는 남들보다 빨리 걸어야 한다. 땀 흘리며 뛰어야 할 때도 있다. 남이 놀 때 나도 놀고, 남이 쉴 때 나도 쉬면 결코 앞설 수 없다. 그러면 다시 물어보자. 우리는 왜 앞장서기를 바라는가? 어리석은 물음이지만 여기에 성실하게 대답해야 한다. 그것은 우리가 이 세상에서 당당하게 살기 위해서다. 지난날 앞장서지 못했기 때문에 식민지 굴레에서 신음했으며 동족 상잔의 비극으로 몸살을 앓은 것이고, 또 지금도 경제 회생을 위한 처절한 진통을 겪고 있지 않은가?

우리는 이 세상에서 당당하게 살아가기 위하여 앞장서야 한다. 맨 앞줄에 서서 전진할 때에만 훤히 트인 앞길이 보이는 법이다. 그런데 지금 국민은 앞장서기 위하여 무엇을 하고 있는가? 땀 흘리며 뛰기 위하여 신 끈을 졸라매고 있는가? 우리들의 존재와 그 위치를 확인하기 위하여 준엄한 자기반성의 시간을 마련하고 있는가?

이때에 우리는 이스라엘 사람들이 강의실에서 수업하는 첫머리에 마음에 새기며 복창하는 다음과 같은 선서문을 생각해 볼 필요가 있다.

"…세상을 살다 보면 부유할 때도 있고 가난할 때도 있습니다. 자유를 누릴 때도 있고 억압을 받을 때도 있습니다. 그러나 그 어떤 경우에도 우리는 우리 자신을 잃지는 않습니다."

이것은 선서라기보다는 차라리 야훼 하느님께 자신들의 존재가 무엇인가? 자신들이 야훼 하느님으로부터 받은 소명이 무엇인가를 묻는 외침이요 기도라고 생각된다. 그러한 결의와 자세가 3000년의 유랑 생활에서도 민족의 정체성을 상실하지 않고 살아남아서 이스라엘 땅에 제 나라를 세우게 하였던 것이다. 그들이 흥미롭게도 1948년에 독립을 선언하였다. 그래서 이스라엘과 우리나라는 똑같이 금년으로 독립 50주년을 맞고 있다. 그런데 그들은 사막을 옥토로 바꾸며 여러 분야에서 명실공히 세상을 앞장서서 이끌고 있다. 이스라엘은 세계 20위권 이내에 들어있는 대학이 세 개나 된다. 그러나 우리나라는 세계 150위권 이내에 들어 있는 대학이 단 하나도 없다. 이러고도 '지구촌에 앞장서기' 가 과연 가능한 것인가?

그 앞장서기는 월드컵 축구대회에서 우리나라가 16강에 드느냐 안 드느냐 하는 것으로 이루어지지 않는다. 2002년에 한국에서 월드컵을 개최하느냐, 마느냐 하는 것에 따라 이루어지는 것도 아니다. 또 유행에 민감한 청소년들이 헐렁한 바지를 입고 땅바닥의 먼지를 쓸며, 똑같은 옷맵시에, 똑같은 화장으로 거리를 누비는 것으로 이루어지는 것도 아니다. 또 그것은 학점을 잘 주는 교수의 강의를 찾아다니거나, 숙제를 많이 내는 과목은 수강 취소를 하는 일부 대학생들(쉽게 살기의 선두 주자들)이 많은 나라에서는 결코 이루어지지 않는다. 그리고 그것은 이름만 조금 더 알려진 대학으로 편입학하기 위하여 아무 대학에나 입학했다가 다른 대학으로 옮겨가는 대학생이 한 해에 5만 명이 넘는 나라에서는 결코 이루어지지 않을 것이다.

그것은 우리가 누구인가를 스스로에게 준엄하게 물으며 각자가 자기의 길을 묵묵히 걷고자 할 때 이루어지기 시작할 것이다. 그러므로 우리는 이제부터 앞장서기 위하여 조용히 골방으로 숨어들어야 한다. 그리고 기도해야 한다.

"우리는 누구입니까? 이 세상을 당당하게 살아갈 자격이 없는 민족입니까? 언제까지나 남의 꽁무니만 따라다니며 수모를 받아야 합니까? 이제는 이 민족에게도 힘을 주소서, 슬기를 주소서, 결코 실망시키지는 않겠나이다."

전통문화 살리는 개혁을

금세기도 한두 해를 남기고 있다. 이제 우리는 이 20세기가 우리 민족에게 어떤 의미가 있었는가를 여러 방면에서 검토해 보아야 할 때가 되었다. 왜냐하면 이 20세기는 우리 민족사에서 수치와 오욕으로 얼룩진 세기였기 때문이다. 따라서 이러한 부끄러움의 역사는 두 번 다시 되풀이되어서는 아니 되겠다는 결의를 다지며 새로운 21세기를 떳떳하게 맞이하여야겠다.

20세기의 부끄러움은 그야말로 한두 가지가 아니다. 무엇보다도 먼저 나라를 일본 사람 손에 넘겨주었던 경술국치(庚戌國恥)가 그 첫째요, 해방을 맞이하고도 단일 국가를 세우지 못하고 나라를 두 동강으로 쪼갰던 남북 분단이 그 둘째다. 먼 훗날 우리의 후손들은 우리나라 역사를 공부하며 가르치다가 "20세기만 슬쩍 건너뛰면 얼마나 좋을까?" 이렇게 생각할지도 모른다. 그러나 이러한 정치적 사건 못지않게, 크게 잘못한 것은 전통문화에 대한 인식과 태도다. 그것은 물론 나라를 잃은 설움을 삭이기 위한 방편이었으나 참으로 잘못된 발상에 근거한 것이었다.

우리 속담에 '잘못되면 조상 탓이요, 잘되면 자기 덕이다' 라는 말이 있다. 나라 잃은 설움을 조상들의 무능으로 돌리면서 과거의 모든 정신적, 문화적 전통과 유산을 헌신짝 버리듯 내팽개친 것이었다. 그리고 일본으로부터 근대화에 필요한 지식과 기술을 정신없이 받아들였다. 물론 이 무렵에 뜻있는 인사들의 민족 문화 보존 계승을 위한 피나는 노력이 없었던 것은 아니다. 그러나 그것은 대세를 바꾸는 큰 물줄기는 되지 못했고 언제나 연약하게 울리는 산골짜기의 메아리였다.

해방이 되고, 반쪽만의 민주국가를 세웠다고 해서 전통문화에 대한 인식이 새로워진 것은 아니었다. 경박한 미국의 군사 문화와, 프래그머티즘이라는 실용주의(實用主義) 사상이 팽배하면서 그나마 명맥을 유지하던 전통문화는 점점 더

설 땅을 잃고 말았다. 우리는 앞다투어 어떻게 하면 미국 사람들처럼 옷 입고, 밥 먹고, 모양내고 몸짓하며 살 것인가를 고민하였다.

세계화를 부르짖으며 영어 교육을 초등학교까지 끌어내렸다. 그렇지만 신라의 원효대사가 세계화를 실현하고자 중국 유학을 떠났다가, 세계화가 지역적 개념이 아니라 정신적 개념임을 깨닫고 중도에 되돌아왔다는 사실은 교육시키지 않는다. 한 걸음 양보하여 세계화를 지역적 개념에 국한시킬 경우, 선구자적 개척 정신으로 신라의 스님 혜초가 1200년 전에 어떻게 인도를 여행하고 『왕오천축국전(往五天竺國傳)』을 남기게 되었는지 가르치지 않는다.

요컨대 우리는 '세계 속의 한국'을 만들기 위하여 온 국민이 나라 밖으로만 눈을 돌리고 있을 뿐, 제 모습을 냉엄하게 돌아볼 줄은 모르고 있다.

얼마전 일이다. 대학 시절부터 미국에 유학하여 공부하다가 그곳에서 지금까지 우리말을 가르치고 있는 50대 후반인 여선생님과 몇 명이 어울려 점심을 함께하는 자리였다. 그 여선생님이 남편을 미국에 남겨둔 채 혼자만 잠시 귀국한 처지였으므로 우리 가운데 한 사람이 농담으로 한마디를 던졌다.

"지아비는 어떻게 하고 이렇게 한국에 나와 있어요?"

"네? 지아비가 뭐예요?"

우리들은 그 순간 '저분이 정말 한국어 선생인가?' 하는 의아심으로 뒷말을 잇지 못했다. 그러자 즉시 한 사람이 "지아비의 변한 말로 남편을 가리키는 말인데, 몰랐어? 지어미는 아내를 가리키고 말이야." 하고 얘기를 꺼냈기 때문에 그 어색했던 분위기는 풀어졌다.

이 작은 사건은 그 주인공이 우리말 선생님이었기 때문에 문제가 더 큰 것이지만, 지금 우리나라가 경제 회복과 21세기의 새로운 도약을 준비하면서 자칫 잊고 놓쳐버리는 게 그 국어 선생님의 낱말 실력 같은 것이 되지 않으리라는 보장은 없다.

우리는 이 글에서 '민족 문화'가 뜻하는 구체적인 내용에 대해 장황하게 언급할 여유가 없다. 그것은 조상 대대로 지켜온 우리들의 도덕적 정신 구조와 우리의 고유한 언어에 바탕을 두고 있다는 것만 지적해 두고자 한다. 앞으로 우리는 더욱더 정보화 사회에 발맞추기 위한 기술 도입과, 지속적인 구조 조정과 개혁을 단행하여야 할 것이다. 그러나 전통문화의 밑거름이었던 인성 교육이 배제된 정보 기술 교육은 고도의 해커를 양산할 것이요, 허울만 외국 모델에 짜 맞추는 개혁은 '지아비, 지어미' 도 모르는 국어 선생님을 만들어 낼 것이 분명하다. 진정으로 가슴 졸이는 나날이다.

목소리를 낮추자

몇 해 전 미국 시카고 공항에서 겪었던 일이다. 나는 시카고에서 어바나 샴페인으로 가기 위하여 국내선 비행기로 갈아타는 수속을 하는 접수대를 찾아갔다. 그 접수대에는 기다리는 행렬이 길게 늘어서 있었다. 나는 그 줄 끝에 서서 내 차례가 오기를 기다렸다. 한참을 기다렸지만 줄이 줄어드는 것 같지 않았다. 그래도 나는 줄이 줄어들 것을 기대하며 기다렸으나, 여전히 줄이 줄어들지 않자 접수대에 가서 그 이유를 알아보았다. 그랬더니 그날 기착지의 기상 사정이 나빠서 비행기가 결항이 되었는데, 항공사에서 손님들을 위해 호텔을 마련하고 조금 전부터 숙박권을 나누어주는 사무가 진행 중이라는 것이었다.

나는 어차피 그날 중으로 목적지에 가기는 틀렸으므로 느긋한 마음으로 내 차례가 오기를 기다리기로 하였다. 그렇지만 여전히 줄은 줄어들지 않았다. 저녁 6시경에 시작한 사무가 내 차례가 오기까지는 4시간이나 기다려야 했었다.

그런데 참으로 이상한 일은 그 항공사 직원들이 자기네들끼리 농담을 해가며 그야말로 여유만만하게 사무를 진행하는 것이었다. 게다가 더 이상한 것은 기다리는 손님들이 조금도 불평을 하지 않고 자기 차례를 기다리는 것이었다. 내 뒤에 있던 젊은 친구는 기다리기가 몹시 지루했는지 "이러다간 여기서 날이 새겠네."라고 혼잣말로 투덜거리는데 그 소리가 바로 앞에 서 있는 나에게도 겨우 들릴 듯 말듯 한 작은 목소리였다.

나는 그날의 그 느긋했던 항공사 직원들의 사무 처리 모습과, 인내롭게 기다리던 손님들의 모습을 지금도 잊을 수 없다. 만일에 이와 같은 일이 우리나라에서 있었더라면 어떠했을까? 사무 처리를 빨리하지 않는다고 손님 중의 몇몇 사람은 접수대를 향하여 큰 소리로 욕지거리를 해댔을 것이다.

또 한 번은 이런 일도 있었다. 프랑스 파리의 어느 음식점에서였다. 내가 동료 한 사람과 마주 앉아 있는 건너편에 10여 명의 손님들이 앉아 있었다. 한눈에 우리나라에서 온 관광객이란 것을 알아볼 수 있었다. 그들은 처음에는 별로 말이 없더니 식사가 시작되자 한두 사람의 음성이 높아졌고, 급기야는 홀이 떠나갈 듯한 웃음이 터져 나오기도 하였다. 다른 식탁에 앉아 있는 손님들이 힐끗힐끗 그들을 쳐다보는 것이었다. 식당의 종업원들이 난감한 듯 바라보고 있었다. 어느 틈에 내 얼굴이 벌겋게 달아올랐다. 나는 짐짓 못 본 체, 못 들은 체하며 마주 앉은 동료에게 눈만 끔벅거리고 있었다. 그때는 우리나라 한 사람 당 국민소득이 5000달러인지 6000달러인지가 되었다고 우쭐대던 무렵이었다.

지금 이런 이야기를 쓰고 있는 것은 얼마 전에 끝난 국회 국정감사에서 독설(毒舌)과 고성(高聲)이 어지럽게 춤추었기 때문이다. 그리고 신문에는 그러한 독설과 고성에 특기가 있는 국회의원을 마치 개선 장군처럼 소개하였기 때문이다.

내가 알기로 국회는 대화의 장소요, 협의를 위한 모임이다. 나라 살림을 하다가 잘못한 것을 폭로하는 데 목적이 있는 것이 아니라, 그 잘못을 고치기 위한 슬기를 창출하는 장소요, 좀 더 나은 미래를 설계하는 모임이다. 그런데 어떤 선량(選良)은 속기록에 남기기 위한 공격성 발언, 선정성 질문을 퍼붓고는 정작 그 대답을 들어야 할 시간에는 자리를 비운다고 한다. 처음부터 대화하고 협의할 생각이 없었음이 분명한 처사라 아니할 수 없다.

하기야 국회에서 하는 모든 일이 그런식으로 진행되지는 않을 것이다. 그러나 아직까지 우리나라에서 '대화의 문화'가 자리 잡지 못한 것은 분명하다. 목소리 큰 놈이 이긴다고 하는 상스럽고 졸렬한 생각이 온 나라에 넘쳐흐르고 있다.

자동차 접촉 사고가 일어난 길거리에서 목청을 높여 언쟁하는 장면을 목격한 사람들은 생각할 것이다. 그와 똑같은 사건이 벌어졌을 때, 어느 나라에선가 양쪽의 운전자가 겸연쩍은 듯 마주 보고 웃으며 교통순경이 오기를 기다리는 장면을!

자, 이제 우리도 웃으며 대화할 때가 되지 않았는가. 우리의 옛날 조상들은 식사할 때에 음식 씹는 소리조차도 내지 말라고 가르치셨다. 또 남의 말이 끝날 때까지 조용히 귀 기울여 들을 줄 알아야 한다고 가르치셨다. 온화한 음성으로 결코 크게 말하여서는 아니 된다고 기회 있을 때마다 타이르시기를 게을리하지 않으셨다.

여기까지 쓰다가 문득 '쇠귀에 경 읽기' 라는 속담이 생각 나는 것은 무슨 까닭일까?

부정과 비리로 얼룩진 하루

1. 우리 집에서 골목을 빠져나와 큰길에 들어서면 교통순경이 딱지를 떼는 함정이 있다. 길은 오른쪽으로 굽어 있고 그 굽이에 횡단보도가 있는데, 초행길의 운전자들은 빨간 신호등이 켜져 있어도 횡단보도를 건너는 사람이 없으면 멈추어 섰다가 슬며시 그냥 달리는 수가 있다. 그때마다 굽은 골목길에서 20m쯤 물러서서 지키고 있던 교통순경이 나타나 신호 위반 딱지를 뗀다. 오늘 아침에도 딱지를 떼는 장면을 목격하였다. 운전자들은 자신이 분명히 잘못을 범했으므로 꼼짝없이 당하게 된다.

"신호 위반하셨습니다."

"예. 잘못했군요. 보행자가 없길래 그만…"

"잘못을 인정하시니, 제일 싼 것으로 끊겠습니다."

나는 더 이상은 듣지 못하고 길을 지나쳤다.

2. 편도 3차선의 큰길이었다. 나는 2차선을 달리고 있었고, 3차선에 봉고트럭이 달리고 있었다. 마침 신호등이 빨간색으로 정지 신호가 켜져 횡단보도 앞에 멈추어 섰는데 나란히 달려오던 3차선의 봉고트럭이 경적을 울리며 나에게 신호를 보냈다. 나는 그 운전자가 길을 물으려는가 싶어서 차의 유리창을 열었다.

"사장님, 바다회 좋아하시죠?"(이건 웬 뚱딴지같은 질문인가?)

"그런데요?" 엉겁결에 내가 대답하였다.

"제가 지금 바다 활어회를 운반 중인데 좀 구경하시겠습니까?"

그때 파란 불이 켜졌기에 나는 두말하지 않고 내 길을 달렸다. 그러면서 생각해 보았다.

(만일 내가 활어회에 관심을 보이고 어느 후미진 곳에서 활어회를 사려 했다면, 나는 틀림없이 장물아비가 되었을 것이다.)

3. 한참을 달리다가 보니 휘발유 넣을 때가 되었다는 표시등이 켜져 있음을 보았다. 가까운 주유소에서 기름을 넣기로 하였다. 주유가 끝난 뒤에 계기판의 액수를 확인하고 돈을 지불하였다. 주유소 직원이 거스름돈과 서비스 휴지 한 통을 주면서 이렇게 말하는 것이었다.

"사장님, 영수증 용지가 떨어졌어요."

"아니, 영수증 용지가 없으면 영업을 못하는 거 아니오? 젊은이! 그러지 말고 사무실에 들어가 봐요. 영수증이 있을 거야."

나는 한참을 기다려 기어코 영수증을 받고서야 주유소를 빠져나왔다. 그런데 차 안에서 거스름돈을 확인해 보니 1000원이 부족하였다. 영수증 챙기느라고 거스름돈을 확인하는 걸 잊었더니 거기에도 또 속임수가 도사리고 있었다.

4. 그날 낮에 나는 어느 단체가 주관하는 모임에서 특강을 하게 되어 있었다. 그 단체는 오랜 연륜이 쌓인 권위 있는 사회봉사 단체였고, 또 내가 이야기해야 할 내용은 나의 전공 분야였으므로 나는 그 강의를 사명감을 가지고 기쁘게 응낙했다. 물론 그 특강 자체는 매우 보람 있는 것이었다. 청중

들도 매우 진지하게 받아들였고 나 또한 정성스럽게 강의를 마칠 수 있었다. 그런데 문제는 강연료를 줄 때 생겼다. 10만 원의 강연료를 주면서 영수증을 해 달라고 하는데 금액을 적는 난은 비워놓고 서명하라는 것이었다. 담당 직원은 그렇게 할 수밖에 없는 처지를 잘 알지 않느냐는 태도였다. 나는 아무 말 않고 백지로 서명해 주고 말았다.

5. 그날 저녁 집에 돌아오니 아내는 추연한 표정으로 이렇게 말문을 열었다.

"여보, 언제쯤이나 우리 사회가 공정하게 굴러갈까요?"

아내가 관여하는 어느 모임에서 그날, 임원을 개선하는 총회가 열렸다. 회원은 100여 명 되지만 대개 40여 명 정도가 출석하고 활동하는 조촐한 단체다. 새로 회장을 뽑는 지금까지의 관례는 선임 부회장이 추대의 형식으로 다음 회장에 선출되는 것이었다고 한다. 그런데 그날은 총회 며칠 전에 입회한 70여 명의 신입회원들을 옆집 다방에 대기해 놓았다가 그 신입회원들을 총회에 참석시켜 투표하게 함으로써 70여 명의 무리를 몰고 온 인사가 회장으로 당선되는 해프닝이 벌어졌다는 것이다.

"아니 그 70여 명이 투표권이 있었단 말이요?"

"같은 길을 걷는 이들이 오순도순 꾸려왔던 일종의 친목 단체라, 입회하는 것만 반기던 처지였지요. 그동안 이런 일은 한 번도 없었어요."

"그렇다면 그것은 회장되겠다는 사람이 민주주의의 다수결 원칙을 악용한 횡포구만. 세상을 계도하는 지성인들의 모임에서도 그런 정치적 깡패 행위가 나타났단 말이오? 그렇게까지 해서 회장이 되면 그 마음이 평안하고 떳떳할까?"

그러나 그렇게 말하는 나 스스로도 하루 종일 마음이 편안하지 않기는 마찬가지였다. 우리가 언제까지 이러한 부정과 비리에 침묵하고 있어야 한단 말인가? 갑자기 숨쉬기도 답답함을 느꼈다.

기록 문화 꽃피우기

사십 년 가까운 세월, 우리말 우리글을 가르쳐 온 나에게는 아주 작은 소원이 하나 있다. 그것은 세종대왕이 훈민정음을 창제하시고 반포하실 때, 그 훈민정음 창제의 취지를 밝힌 '훈민정음 서문'을 함께 발표하셨는데, 그 서문을 온 국민이 한 글자도 틀리지 않게 외우는 일이다. 옛말도 살리고 현대 감각도 살려서 다시 써 보기로 하자.

"나랏말씀이 중국에 달라 문자와로 서로 사맞지 아니할쌔 이런 전차로 어린 백성이 이르고자 할 배 있어도 마침내 제 뜻을 시러 펴지 못할 놈이 하니라. 내 이를 위하여 어엿비 여겨 새로 스물여덟 자를 맹가노니 사람마다 하여 수비 익혀 날로 씀에 편안케 하고자 할 따름이니라."

108자밖에 되지 않는 이 짧은 선언문을 온 백성이 즐겨 외울 수 있으려면 어떤 방법이 있을까? 나는 그 방법을 궁리하다가 꽤 오래전부터 이 108자의 서문을 노래로 지어 부르면 좋겠다는 생각을 하게 되었다.

아주 흥겹고도 우아한 곡조에 얹힌 노랫말은 기억하기도 좋고 잘 잊혀지지도 않을 것이므로 훈민정음 서문가(序文歌)는 그야말로 온 국민의 사랑을 받으며 애창될 것이다.

만일 나에게 기회가 주어진다면 나는 훈민정음 서문곡(序文曲)을 공모하겠다. 그래서 골라잡아 몇 곡을 온 국민이 두루 감상할 수 있는 시간대에 방송 매체를 통하여 발표하고 경연을 붙이겠다. 거기에서 결정된 곡을 애국가처럼 초등학교 때부터 가르치게 하겠다. 그러면 한글날이 없어져 버린 것을 애석해 하지 않아도 될 것이다. 그 훈민정음 노래를 부르는 날은 모두 한글날이 될 것이기 때문이다.

그러나 이러한 소원이 언제 성취될 수 있을 것인가? 나는 그 꿈이 하루빨리 현실로 찾아오기를 빌고 있다. 그런데 마침 제2건국운동이 범국민적으로 일어날 기미를 보이고 있다. 그 제2건국운동이 구체적으로 무엇을 할 것인지는 모르겠으나, 거기에는 민족 문화 진흥을 위한 항목이 있을 것이다. 그렇다면 그 운동 차원에서 '훈민정음 서문 노래'도 만들어낼 수 있지 않겠는가?

민족 문화 창달은 민족 문화를 사랑한다는 말만으로는 이루어지지 않는다. 민족 문화 자산을 창조적으로 활용할 때에만이 그것은 살아 있는 재산으로 민족의 정신을 풍요롭게 만든다. 그리고 그 재산은 현재의 잘못을 바로잡는 준엄한 거울이 된다. 가령 조선왕조 정조대왕 시절(1776~1800)에는 나라에 큰 행사가 있을 때마다 의궤(儀軌)라 하는 행사 보고서를 작성하였다. 이 의궤에는 행사의 모습을 한눈에 볼 수 있는 행차도는 말할 것도 없고, 행사에 참여한 사람의 명단을 신분 고하를 막론하고 모두 기록하였을 뿐만 아니라, 그 행사에 들어간 비용을 물품과 단가를 밝혀 몇 냥 몇 전에 이르기까지 빠짐없이 기록하고 있다. 행사에 참여한 노동자나 기술자의 이름과 주소가 적히고, 복무 일수와 실제로 한 일이 무엇이며 품값은 얼마였는가도 세세히 기록하였다. 심지어 매일 아침저녁과 간식에 만든 음식이 무엇이며 그 그릇의 숫자, 재료의 종류와 분량, 그리고 비용을 있는 대로 기록하였다. 이러한 의궤를 검토해 본 사람이면 누구나 경험하는 것이지만 이토록 철저하고 상세한 국정 보고서가 일찍이 어느 나라, 어느 시대에 또 있었는지 감탄과 전율을 함께 느낀다. 그러면서 동시에 우리 민족이 이렇게 우수한 기록 문화를 가진 민족이었구나 하는 뿌듯한 감동을 가슴에 품게 된다.

그리고 이 감동은 자연스럽게 "그렇다면 지금 우리나라는 이러한 기록문화의 전통을 유지하고 있는가?"라는 자문(自問)을 하게 되고, 그리고 우리는 얼굴을 붉히며 고개를 떨구게 된다.

자, 『원행을묘정리의궤(園幸乙卯整理儀軌)』에서 대전(大殿) 수라상에 드는 비용을 어떻게 밝혀놓았는지 읽어보자.

"밥 1냥, 국 1냥, 조치 2냥, 구이 3냥, 자반 2냥, 침채 5전, 담침채 5전, 청장 1전, 청연군주, 청선군주의 진지 및 국진짓상은 대전 수라상과 같다."

우리는 지금 이러한 기록 문화의 전통을 어떻게 창조적으로 살려나가고 있는가? 만일 살려나가지 못한다면 언제부터 살려낼 수 있을 것인가?

IMF 경제 위기를 극복하는 방안은 여러 가지가 있을 수 있다. 그런데 내 생각으로는 우리 민족의 전통문화를 바르게 계승, 발전시키는 방법을 강구하는 것이 가장 빠른 지름길이 될 것 같다. 이것이 백면서생(白面書生)의 부질없는 꿈이겠는가?

어문유감(語文有感)

문자 문화의 바른길

우리 민족이 일제의 질곡으로부터 해방되어 광복의 생활을 누린 지 어언 반세기가 넘었다. 그 50여 년의 세월이 흐르도록 정리되지 않은 문화 현상이 많이 있지만 그 가운데에서도 극심한 혼미를 거듭해 온 것은 문자 문화에 관련된 것이 아닐까 싶다. 다시 말하여 한글만 쓸 것이냐, 한자도 섞어 쓸 것이냐 하는 논쟁과 그 논쟁을 둘러싸고 벌어진 절름발이 교육 정책이 바로 그것이다.

며칠 전만 해도 어느 일간 신문에 한글 전용과 국한자 혼용을 주장하는 두 가지 대립되는 견해와 또 그 절충론을 나란히 실어 놓고 일반 국민의 여론을 수렴하려는 듯한 기사가 게재되었다. 이와 같은 언론 행사(?)는 지난 50여 년간

줄기차게 이어진 문화면의 고정 메뉴였다.

그것은 매해 한글날을 전후로 하여 등장하는 연중 기획 기사의 하나이기도 하고, 정권이 바뀔 때마다 새로운 집권층에 관심을 호소하는 톱 이슈의 하나이기도 하였다.

필자는 이와 같은 문자 정책의 방황과 혼미, 그리고 이 논쟁의 끝모르는 순환을 지켜보면서 이 문제의 해결점이 바로 그 방황과 순환 자체에 숨겨져 있음을 밝혀 말하고자 한다. 현재 우리나라에서 간행되는 대부분의 간행물은 한글 전용이 이루어진 듯한 모습을 보인다. 적어도 표면적으로는 그렇다. 그럼에도 불구하고 한글 전용을 주장하는 분들은 더욱 목청을 높여 '한글만 쓰기' 를 부르짖는다. 무언가 불안하다는 느낌을 주는 그 부르짖음을 우리는 주의 깊게 분석할 필요가 있다.

한글 전용을 주장하는 분들이 의지하고 있는 한글 전용 타당성의 근거는 크게 두 가지로 압축된다. 첫째로는 한글 전용이 민족정신(겨레 얼)을 바르게 선양하는 가장 좋은 방편이라는 것이요, 둘째로는 쓰기 쉬운 글자의 사용이 시대의 흐름, 역사의 흐름에 순응하는 자연스런 자세라는 것이다.

우리는 이제 이 두 가지 근거의 부당함을 생각해 보아야 한다. 만일에 한글 전용이 민족의 정체성과 우수성을 증명하고 보장하는 최선의 방편이라면 이 세상에 고유 문자를 지니지 못한 민족이나 국가는 문화적, 정치적, 경제적 후진성을 면할 수 없어야 한다. 따라서 고유 문자의 소유 여부가 민족적, 문화적 우월성을 보장하지 않는다는 것을 즉시 깨달을 수 있다. 또 만일에 쓰기 쉬운 소리글자를 쓰는 것이 선진 문화의 필수 요소라고 한다면 불완전한 음절 문자와 한자를 사용하는 일본은 단연코 우리나라보다 뒤처진 사회에 머물러 있어야 한다. 그러나 현실은 그렇지 않다.

그렇다면 문자 문제의 핵심은 무엇인가? 그것은 문자 생활이 문화생활의 하나라는 것이다. 문화는 넓게 보아 삶의 질을 높이려는 생활 양식이라고 말할 수 있다. 그러므로 문화는 본성적으로 두 방향으로 발전의 진로를 잡는다. 그 하나는 대중화 · 일반화의 길이고, 다른 하나는 고급화 · 전문화의 길이다. 모든 문화 활동은 옆으로 뻗어나가는 대중화 성향이 있고, 동시에 위로 솟구치려는 고급화 성향이 있다. 물론 대중화의 길이나 고급화의 길은 모두 역사적 전통을 바탕에 깔고 진행되는 것이다.

문화라는 생활 양식에 묶이는 모든 문화 현상을 눈여겨보자. 거기에는 반드시 대중성과 전문성이 공존한다. 대중음악과 민속음악이 있는가 하면 고전음악과 궁중 아악이 있다. 연극도 미술도 사진도, 심지어 음식에도 대중 음식과 고급 음식이 공존한다.

그런데 우리나라의 한글 전용은 문자 문화의 대중화·평준화에는 효과가 있었으나 고급화·전문화에는 실패하였다. 그것은 적어도 2천 년 역사를 우리 민족과 함께 살았고, 우리말 어휘의 70%를 점유한 한자어를 한글로만 표기하거나 좀 더 쉬운 고유어를 찾아 쓰고자 함으로써 어휘의 빈곤, 표현력의 상실을 초래하였기 때문이다. 그러나 그렇게 평준화에 성공하였다고 해서 문제가 끝나는 것이 아니다. 당장 한자어를 싹쓸이해 몰아낼 수 없으므로 의사소통이 제대로 안 되고 전통문화에는 백치가 되어 버리기 때문이다.

대학에서 정상적으로 전공 과목의 강의가 이루어지지 않은 지 이미 오래되었다. 한자어에 대한 무지 때문이다. 이러한 사정을 알면서도 한자 교육을 강화하지 않은 이유가 무엇인지 모르겠다. 사회 각계각층에서 한자를 모르기 때문에 벌어지는 기막힌 에피소드를 모아 놓으면 우리가 지금 얼마나 심각한 문자 문화의 IMF 시대를 살고 있는지를 깨닫게 될 것이다. 지금 경제만 IMF 시대가 아니다. 더 늦기 전에 한자 교육의 강화를 통하여 문자 문화의 IMF를 벗어나야 한다. 이것은 모두 문자 생활이 문화생활의 꽃이라는 사실을 미처 깨닫지 못한 지난날의 맹목적 순정(醇正) 민족주의자들의 잘못된 한글 전용 주장 때문이다.

어문 정책 혼선과 한글날

한글날이 돌아왔다. 오백쉰두 돌이다. 참으로 경하하여 마지않을 일이다. 그런데 필자는 조금도 즐겁지가 않다. 한글을 지은 세종대왕이나 한글을 사랑한 조상들께 고마움이 덜하거나 한글의 우수성에 대해 자랑하는 마음이 식었기 때문에 그런 것이 아니다. 오히려 그 고마움과 자랑스러움이 해가 갈수록 더 커지기 때문에 마음은 더욱 서글픈 것이다.

첫째로는 한글날을 국경일에서 빼어버림으로써 이 세상에서 유일한 문자 창제 경축일을 잃어버렸다는 허탈감 때문이며, 둘째로는 건국 오십 년이 흘렀으면서도 우리나라의 언어 문자 정책이 제자리를 잡지 못해서 언어 문자 문화의 혼미가 날로 심해지는 것을 지켜보아야 하는 괴로움 때문이다.

먼저 언어 문제부터 살펴보자. 외국어(특히 영어)의 남용, 우리말 발음의 혼란, 현저한 어휘력의 저하, 비속어의 만연, 어색한 표현의 증가, 이상한 문장(외국어 번역투)의 횡행 등 그 항목을 일일이 나열하기에도 숨이 벅차다. 무엇보다도 영어를 공용어로 삼자고 하는 극단론까지 나올 만큼 국어가 무엇인지를 제대로 알지 못하고 있는 형편이다.

선진 문화를 따라잡자는 열망과 편의성을 앞세워 힘쓰는 나라, 앞서가는 나라의 말을 공용어로 하자는 얘기는 지나간 역사 속에서도 찾을 수 있다. "우리나라는 지역적으로 중국과 가깝고, 성음(聲音)이 대략 같으므로 온 나라 사람이 본국 말을 버린다고 해도 불가할 것이 없다. 그러한 뒤에라야 오랑캐라는 말을 면할 것이며……." 박제가(朴齊家)의 『북학의(北學議)』에 나온 일절이다. 이 논조는 민족 문화가 어떻게 세계화에 기여하는가 하는 점을 깜박 잊어버린, 성급하고 맹목적인 지식인의 모습을 보여준다.

언어 문제는 이쯤 해두고 문자 문제로 넘어와 보자. 여기에는 한자 문맹의 확산, 남북한 철자법의 차이, 외래어 표기법의 표류 등 이것 역시 손꼽아 헤아릴 것이 한두 가지가 아니다. 그중에서도 가장 심각한 것은 한자 무식꾼이 국민 전체로 확산되고 있어서 그대로 방치한다면 언젠가는 전통문화의 단절은 말할 것도 없고, 일상의 의사소통조차 제대로 이루어지지 않을 것이 예견된다. 한자에 대한 무지는 어휘력의 저하를 가져오고, 그것은 저속한 표현의 증가를 부추길 것이 뻔하다. 한때 일부의 사람들은 한글 전용이 애국 애족의 수단이며 민족 문화를 수호하는 지름길이라고 생각했었다. 그것은 어떠한 문화 현상이든 오랜 역사적 전통을 바닥에 깔고 발전한다는 기본 상식을 망각한 데서 비롯된 잘못이었다.

한글만 쓰기를 주장하는 이를 만날 때마다 필자는 다음과 같은 상상을 하곤 하였다. 손이 귀한 어느 집안에서 여러 해 동안 아기가 태어나기를 빌었다. 그러나 아내에게서 수태의 기미는 보이지 않고 세월은 흘렀다. 하는 수 없이 양자를 맞아들이기로 하였다. 다행히 업둥이로 들어온 양자가 장성하여 부모에게 공순하고 제법 효성이 극진하였다. 그런데 뒤늦게 아내가 수태하여 아들을 낳았다. 새아기가 아주 똑똑하고 건강하게 잘 자랐다. 그러자 부모는 자신들을 지성으로 섬기던 큰 자식 양자를 남의 자식처럼 내치는 것이었다.

이 이야기에서 양자는 한자요, 새아기는 한글이라고 생각해 보자. 지금 우리나라의 사정은 양자를 구박하는 못난 부모의 모습이라고 아니할 수 없을 것이다. 한글날은 한글이 창제되었다는 사실만을 기리는 날이 아니다. 그것은 우리나라의 문자 문화가 바른 자리에 놓여 있는지를 반성하는 날이어야 한다. 세종대왕이 한글을 창제함으로써 얻으려고 했던 우리나라 문자 문화의 이상(理想)이 무엇이었는지를 확인하고 그 현황을 점검하는 날이어야 한다. 그리고 그것은 한 걸음 더 나아가 우리나라 언어문화가 바른 자리에 놓여 있는지를 반성하는 날이어야 한다. 외국어는 어디까지 수용해야 하며 세계화를 추진하는 과정에서 국어가 어떤 대우를 받아야 온당한 것인지를 바르게 깨우치는 날이어야 한다.

좀 더 욕심을 부려 말한다면, 한글날은 우리 민족이 문화 민족으로서의 자긍심을 키우며 민족 문화의 독자성과 유일성이 세계화를 추진하는 민족의 염원에 도움을 줄지언정 결코 걸림돌이 되지는 않는다는 깨우침의 날이어야 한다. 그런데 아직은 그러한 성숙한 문화 인식이 퍼져 있지 않다. 그렇건만 이렇게 슬픈 한글날은 금년으로 끝냈으면 하는 염원은 또 무엇인가. 영어 문제, 한자 문제, 통일 철자법 문제, 국어 순화 문제, 발음 문제 같은 것이 제 길을 찾아간다고 자축하는 한글날이 내년부터는 꼭 찾아오리라는 믿음은 또 무엇이란 말인가.

553돌 한글날에 즈음하여

우리 정부는 몇 해 전, 온 세계에 터놓고 자랑할 우리나라 문화 상징 열 가지를 선정한 바 있다. 그 가운데서 첫 번째로 손꼽히는 것이 우리의 고유 문자 '한글'이다. 아무도 한국 사람이라면 한글을 우리나라의 첫 번째 문화 상징으로 선정한 사실에 대해 이의(異議)를 제기할 사람은 없을 것이다. 그만큼 한글은 우리 민족의 정체성(正體性)을 증명하는 움직일 수 없는 기본 자산이다. 그러나 이 한글이 태어날 때부터 오늘에 이르기까지 한결같이 우리 민족의 정체성을 증명하고 확립하는 문화 상징이었던 것이 아니다. 우리나라 문화사의 흐름과 함께, 한글은 적어도 세 번쯤 다시 태어난 것이라는 생각이 든다.

한글의 첫 번째 태어남은 두말할 것도 없이 세종 25년에 훈민정음(訓民正音)이라는 이름으로 세상에 첫선을 보인 것이다. 이때에 한글이 수행해야 했던 사명은 크게 세 가지였다. 하나는 우리나라 한자음의 정확한 표기였고, 둘은 중국어를 비롯한 당대의 중요 외국어인 왜어, 만주어, 몽고어 등을 표기하는 것이었으며, 셋은 일반 백성들의 생활 언어를 적는 것이었다. 뜻글자인 한자만 문자로 생각했던 당대의 지식인들은 이 훈민정음이 문자로서는 한 등급 떨어지는 발음 부호 체계라는 인식을 떨쳐버리지 않았었다. 비록 일반 백성들에게 생활 언어를 적도록 배려한 부분이 기초 교육 및 생활 문자로서의 기능을 담당하는 것이긴 하였으나, 공문서의 작성이나 학술적 저술과 같은 중요 문예 활동은 여전히 한자를 사용하였다. 그러므로 고급 문자는 한자였고, 대중 문자는 한글이었다고 말할 수 있다.

이처럼 한자가 우대되고 한글이 보조 문자의 기능을 담당하는 이중 체계는 19세기 말엽 개화기에 이르러 변화를 입는다. 이때가 한글의 두 번째 태어남이다. 그리고 이 기간은 20세기 말인 오늘에까지 이어진다. 이 기간은 국한 혼용이 우세하였던 전반기와 한글 전용이 확산된 후반기로 갈라진다. 국권을 잃게 되는 위기에 처하여 나라를 잃지 않겠다는 안간힘은 극단의 국수적(國粹的) 민족주의를 배태하게 되었고, 그러한 사상을 받쳐주는 민족 문화 상징으로서 한글은 우리말과 함께 우리 민족이 의지해야 할 가장 큰 버팀목이었다.

그러나 결국 나라 잃은 설움은 서른여섯 해나 계속되었고, 그 기간 중에 한글과 우리말만 온전히 지키면 민족이 살아난다는 믿음이 확산되었다. 해방이 되고 대한민국이 건설되자 '한글만 가지면' 이라는 믿음에 가속도가 붙게 되었다. 그리하여 한글 전용법이 만들어지고 한글 전용은 여러 분야로 확대되었다. 그런데 문화라는 것은 본질적으로 국수적 민족주의와는 함께 설 수 없는 속성을 지니고 있는 것이다. 그것은 오랜 역사를 통해 인류의 총체적인 지식이 슬기롭게 쌓인 것이기 때문이다. 그래서 지나간 20, 30년간 짐짓 한자 가르치기를 게을리하면서 한글 전용을 확대한 결과, 그 부작용이 여러 분야에서 노출되기 시작하였다. 한마디로 요약하면 지식의 전수(傳授)가 제대로 이루어지지 않는 현상이 벌어졌다. 학문과 기술의 대중화에는 한글이 기여하지만, 학문과 기술의 발전과 심화(深化)에는 그만 한계에 부딪히고 말았다.

이러한 시점에 이르러 한글은 세 번째 태어남을 기다리고 있다. 그것은 새롭게 한자와 한글이 공존하는 것을 의미한다. 새로운 21세기는 문화 전쟁이 벌어지리라고 한다. 그렇다면 우리나라의 전통문화를 비롯한 동양 문화는 21세기 문화 전쟁의 기본 무기가 될 것이다. 그것들은 한자의 이해와 사용을 전제로 한다.

그렇다면 우리는 이제 문자 생활에서 '한글만 가지면' 이라는 생각을 과감히 떨쳐버려야 할 것이다. 한글만 쓰면(이 생각에는 '고유어만 사용하면' 이라는 뜻도 포함하고 있다.) 저절로 나라 사랑, 겨레 사랑이 되는 것이 아니라 문화 수준을 향상시키는 것이 나라와 겨레의 발전을 보장하는 것이라는 새로운 인식이 필요한 때가 다가오고 있기 때문이다.

한글의 세 번째 태어남은 다가오는 새천년에 한자와의 공존으로 시작되어야 한다.

사전辭典에 친숙하기

영어가 우리나라에 널리 보급되기 시작한 광복 이후에 생긴 우스개 이야기. 한 청년이 사랑하는 여인에게 '디어(dear) 순희 씨' 라고 서두를 시작하는 사랑의 편지를 보냈다. 순희 씨는 'dear' 라는 영어 단어의 뜻을 알기 위해 사전을 펼쳐 보았다. 사전에는 '① 사랑하는, ② 편지 첫머리에 관용적으로 쓰는 호칭' 이렇게 두 가지 뜻풀이가 있었다. 순희 씨는 청년에게 다음과 같은 답장을 보냈다. "보내 주신 글월을 잘 받았습니다. 송구하오나 제가 잘 알지 못하여 여쭙는 것이니 밝혀 주시기 바랍니다. 보내 주신 글월의 첫머리에 적힌 영어 단어 'dear' 는 제1의 뜻입니까? 제2의 뜻입니까?" 청년은 급히 답장을 보냈다. "디어 순희 씨, 그것은 물론 제1의 뜻입니다." 그리하여 그들의 사랑은 행복한 결말 쪽으로 진행되었다고 한다.

우리는 이 이야기에서 두 가지 교훈을 얻는다. 그 첫째는 뜻을 모르는 낱말이 있을 때에는 지체 없이 사전을 찾아보아야 한다는 것이요, 그 둘째는 사전의 뜻풀이는 엄정한 위계질서에 따라 적어야 한다는 사실이다. 둘째 사항이 사전을 만드는 사람이 지켜야 할 원칙의 문제라면, 첫째 사항은 세상 사람들이 얼마만큼 친숙하게 사전을 접해야 하는가를 알려 주는 언어생활의 원칙이라 하겠다.

세상을 살아가면서 알아야 할 것이 많이 있지만 그 가운데서 가장 기초적인 것이 정확한 말을 쓰는 일임을 부정할 사람은 없을 것이다. 그렇다면 우리말 사전은 누구나 지니고 있어야 할 것 아닌가? 그러나 우리의 주위를 둘러보면 전혀 사정이 다르다는 것을 알게 된다. 영어사전은 갖고 있으나 국어사전을 갖고 있는 사람은 그야말로 가뭄에 콩 나듯 희귀하기 그지없다. 초등학교 어린이에서부터 대학교 학생에 이르기까지 국어사전을 갖고 있는가 아닌가를 확인해 보면 그 실상은 대뜸 밝혀질 것이다. 우리는 국어 사랑은 나라 사랑이라고 구호만 외칠 일이 아니다. 국어 사랑은 나라 사랑이라는 사실을 생활로 증명하려면 무엇보다도 먼저 우리 국민 모두가 각자의 처지에 맞는 국어사전을 가져야 한다. 초등학교 학생은 그들의 수준에 맞는 소사전을, 그리고 중·고등학생은 또 그들의 수준에 맞는 중사전을, 그리고 한 가정에는 대사전을 한 질씩 비치해 두어야 한다. 그런 연후에, 미심쩍은 낱말을 만날 때마다 사전을 들추어 보고 그 낱말의 정확한 뜻을 확인하는 버릇을 길들여야 한다.

물론 이미 출간된 우리말 사전을 대조해 보면 뜻풀이에 차이가 나는 것도 있고, 뜻풀이의 순서가 엇갈려 있는 것도 있다. 그래서 어떤 이들은 그 차이를 발견하면서 '사전' 이란 것이 절대 진리도 아니요, 또한 완벽한 것이 아님을 알게 될 것이다. 그러는 동안, 말이라는 것이 의사소통의 기본 수단이기는 하지만 거기에는 조심해야 할 몇 가지 항목이 있다는 것을 터득하게 될 것이다. 말은 시대에 따라 소리도 변하고 뜻도 변한다는 것, 말하는 이의 생각이 말속에 완벽하게 드러나지 않을 뿐 아니라 완벽하게 드러나기도 어렵다는 것, 그리하여 말을 바르게 듣고, 바르게 쓰기가 참으로 힘들고 어렵다는 것을 깨닫게 될 것이다.

요컨대, 사전 사용을 일상화함으로써 우리는 정제(整齊)된 언어생활을 누리게 된다는 사실을 경험할 수 있을 것이다. 이것이 '말' 을 직업적으로 다루는 사람들, 이른바 글쟁이나 국어 선생님들만의 문제가 아님을 온 천하에 알리고 싶다.

'콘텐츠'에 얽힌 사연

요즈음엔 영어를 모르면 행세를 못하게 되어 있다. 세계화 바람을 타고 번지는 서글픈 풍속이다.

언제부터인지 잡지의 겉표지를 넘기면 '차례'나 '목차'라고 적혀야 할 자리에 한글 표기도 아닌 영어 낱말 'CONTENTS'가 버젓이 찍혀있다. 그렇게 해야 책이 더 잘 팔리는지 모르겠다. 나는 그래서 요즈음 '콘텐트/콘텐츠'에 대해 심히 불쾌한 심정을 갖고 있는 터에 또 하나의 콘텐트 사건을 맞고야 말았다.

방송 광고 분야에서 일하시는 분이 어느 날 나에게 전화를 주셨다. 광고 내용을 다루는 전문 분야 종사자들이 학회를 결성하려 한다는 말 끝에, 그 학회의 명칭을 어떻게 했으면 좋겠느냐는 것이었다. 나로서는 대답할 말이 없었다. 내가 비록 말을 공부하는 사람이지만 학문의 내용과 성격을 모르니 이름을 짓는 일이 쉽지 않기 때문이다. 그러나 질문하신 분은 이미 내심으로 분명한 결정을 하신 뒤인 듯하였다.

다음은 그 분과의 일문일답.

"우선 선생님의 복안이 있을 것 아닙니까? 광고 내용에 관한 모든 것을 영어로는 무어라고 합니까?"

"영어로는 콘텐트(content)라고 해요."

"그러면 광고내용학회(廣告內容學會)라고 하면 되겠네요?"

"그런 용어를 생각해 보지 않은 것은 아니지요. 그런데 단순히 '내용'이라고 하면 개념이 막연해지고 어딘가 저속하다는 느낌이 들거든요?"

"그러면 무어라고 하고 싶으세요?"

"저희는 그냥 영어를 써서 '콘텐트학회'라고 하면 안 될까 해서 선생님께 여쭈어 보았어요."

대화가 여기에 이르자 나는 나도 모르게 언성이 높아지고 말이 길어졌다.

"그 분야에 종사하는 분들이 그렇게 정하셨다면 그대로 결정하셔야겠습니다. 그러나 국어 문화의 장래를 생각하는 처지에서 괴로운 말씀을 드리지 않을 수 없습니다. 외국의 학문을 우리 토양에 옮길 때에, 그 개념에 꼭 맞는 용어가 없어서 외국어를 그대로 쓰는 것은 어쩔 수 없는 잠정 조치입니다. 그렇지만 광고 분야에서는 처음부터 우리말로 바꾸어 보려는 노력이 없지 않았나 생각됩니다. 카피라이터(copy writer)를 '광고문안작가' 라 하지 않았고, 크리에이티브(creative)를 '창의성' 이라 하지 않았습니다. 영어를 그대로 써왔습니다. '콘텐트학회' 라고 하자는 의견도 우리말로 바꾸어 보려는 노력을 포기한 상태에서 쉽게 결정한 것이 아닌지 모르겠습니다.

분명한 사실 한 가지만 더 말씀드리겠습니다. 외국의 문물을 받아들여서 그것을 제 나라말, 제 나라 토양에 맞게 바꾸는 힘이 부족한 민족은 결국 제 나라, 제 민족의 독자적인 문화를 만들어 나갈 수 없을 것입니다. 저는 '광고 내용' 이란 용어가 그 분야 학문 성격에 맞지 않더라도 그것을 사용함으로써 민족적, 문화적 독자성을 추구해야 옳다고 봅니다."

이렇게 내 말이 길어지는 동안, 나의 높아진 언성은 어느 틈에 울음 섞인 외침으로 바뀌고 있었다.

한글 전용과 천석고황泉石膏肓

천석고황이라는 말은 돌이킬 수 없는 병을 가리킨다. 그것은 벼슬살이에 뜻이 없는 선비가 자연을 벗 삼아 유유자적(悠悠自適)하겠다는 꺾을 수 없는 고집을 뜻하기도 한다. 보기에 따라서는 아름다운 삶일 수 있다. 그러나 세상을 적극적이고 긍정적으로 살겠다는 진취적인 기상과는 거리가 있다.

한글 전용을 주장하고 실천하는 분들의 삶도 가만히 생각해 보면 천석고황에 통하는 바가 있다. 아름다운 우리 토박이말만 살려 쓰고 한글만 쓴다는 것은 분명 대견스러운 일면이 있다. 그러나 조금만 깊이 생각해보면 그것은 정당한 삶의 자세가 아님을 깨닫게 된다. 우리는 한복을 사랑하고 즐겨 입지만 한복만 입고 살자고 고집하지 않는다. 우리는 한옥을 사랑하고 그곳에서 살 때도 있지만 한옥만 짓고 한옥에서만 살자고 고집하지 않는다. 우리는 한식을 사랑하고 즐겨 먹지만, 사시장철 언제나 김치 깍두기에 된장찌개만을 고집하지 않는다. 세상을 살아간다는 것이 원래 어울림과 섞임의 연속이기 때문이다. 그래서 남의 것도 들여다가 내 것처럼 활용하는 것이 유무상통(有無相通)하는 삶의 슬기인 것이다.

그러면 어째서 글자 사용에 있어서 한글만을 고집하고 말하기조차 고유어만 살려 쓸 것을 고집하게 되었는가? 그것은 한마디로 일제 식민지 시대의 잔영(殘影)이다. 나라 잃은 설움을 삭이며 정신을 가다듬어 나라를 찾기 위해서 우리가 모든 것을 다 빼앗겨도 이것만은 빼앗기지 말자고 했던 것이 바로 우리말이요, 우리 글자 한글이었다. 그 시대에는 우리가 한글을 지키고 고유한 토박이말을 보듬어 안고 있는 것만이 우리가 살아남아야 하는 정당성의 유일한 근거였다. 사실 그러한 옹고집, 통고집, 외고집 덕분에 우리는 나라를 다시 찾을 수 있었던 것이다.

그러나 세월은 흐르고 세상은 바뀌었다. 이제는 외고집을 부릴 경우 문화 발전의 대열에서 낙오자가 될지언정 결코 민족 문화의 수호자가 될 수는 없다. 오히려 민족 문화 발전에 걸림돌이 될 뿐이다.

우리말과 우리글을 지킨다는 명분을 내걸고 한글 전용을 주장하는 분들이 저지르는 실수는 크게 두 가지다.

첫째는 필요한 경우에 한자를 가르치고 사용하자는 사람들을 마치 민족 반역자로 매도하는 듯한 도덕적 결함이요, 둘째는 한자 학습과 한자 교육을 죄악시(罪惡視)함으로써 인간에게 보편적으로 지니고 있는 알고자 하는 권리, 배우고자 하는 권리를 박탈하려는 행위다. 그것은 자연법을 거스리는 일이다. 스스로 한글만 고집하는 것은 개인의 자유일 수 있으나 남에게 그것을 강요함으로써 다른 사람의 지적 욕구를 억압하려는 것은 아무래도 하늘을 거스리는 행위인 것만 같다.

한글 사랑의 외고집은 이제 21세기의 넓은 들판으로 나오면서 낡은 때를 훨훨 떨어버려야 한다.

노변정담(爐邊情談)

시집 간 딸에게 주는 편지

우리 집의 네 번째 딸이요, 또한 막둥이인 네가 이제 시집을 갔구나. 그렇지만 나는 너를 시집보냈다는 생각이 들지 않는다. 너도 알다시피 너는 우리 집의 아들 겸 막내딸이 아니더냐. 언니들 셋은 '옥빛 영(瑛)' 자 돌림의 여성적인 이름이지만 너만은 아들이게나 붙일 '금강석 꿰뚫을 찬(鑽)' 자가 들어가는 다부지고 옹골찬 이미지의 이름을 지어주며 우리 집안의 아들 노릇을 해야 한다고 하지 않았니?

그 이름 때문인지는 몰라도 너는 정말 야무지고 당당한 모습으로 자라주었다. 초등학교 시절에 가졌던 '알렉산더 땅콩' 이란 너의 별명을 이 애비는 얼마나 자랑스럽게 생각하였는지 모른다.

땅콩처럼 작은 아이가 언제나 친구들의 대장 노릇 하는, 알렉산더 대왕이었다는 사실은 이 애비에게 너를 정말로 우리 집안의 아들이라는 기대를 갖게 하였다.

그리고 그 기대는 점차 헛된 꿈이 아니라는 신념으로 굳어 갔다. 엄마의 사회봉사 생활을 주의 깊게 지켜보면서 사회복지학을 대학의 전공과목으로 택할 때, 네 엄마와 나는 네가 어쩔 수 없는 우리 집안의 아들임을 확인하면서 얼마나 가슴 설레며 기뻐했는지…….

딸만 둔 집안에서 엄마 아빠의 정신과 삶의 자세를 물려받겠다는 딸을 발견하는 것이 얼마나 큰 영광이요, 기쁨이었겠니.

그렇게 정신적 아들이었던 네가 시집을 갔구나. 여자로서 남자를 만나 가정을 꾸미는 것이야 세상 사람들 누구나 하는 일이니까 이상한 일도, 탓할 일도 아니다만, 문제는 네가 친정 집안의 아들 노릇과 시집의 며느리 노릇을 양립시키고자 할 때, 행여 겪어야 할 고충이 없을 것인가 해서 마음이 쓰인다. 다행스럽게도 같은 전공을 하는 신랑을 만났고, 또 이해심 깊은 시댁 어른들 덕분에 네가 박사과정을 밟는 동안에야 무슨 문제가 있겠느냐마는 학위를 받고 귀국했을 때, 과연 엄마와 애비처럼 너와 네 남편이 살아줄 것인지, 그것을 자나 깨나 걱정할 뿐이다.

결혼 생활은 연애 시절이나 약혼 시절과는 다른 거 알지? 그것은 냉엄한 현실이요, 구체적인 생활이란다. 거기에는 약혼 시절에 느꼈던 환상적이고 낭만적인 요소는 증발해 버리고, 점점 더 밀착된 상호 이해의 탐색전 속에서 생활의 슬기가 요구되는, 조금은 답답한 일상의 공간이 기다릴 것이다.

그때에 네가 생각하고 행동해야 할 일이 무엇이겠니? 명민한 우리 막내가 새삼스럽게 다시 알아야 할 것이 있다고는 생각하지 않는다. 그러나 애비가 노파심에서 한 마디만 하자꾸나.

가정은 이 세상에 존재하는 작은 천당이어야 한다. 이 세상에 천당이 있다면 그것은 한 명의 아내와 한 명의 남편이 만나서 꾸미는 그 가정 속에 있는 것이란다. 그러므로 아내는 남편의 위로자이어야 하고, 남편은 아내의 성령이어야 한다. 상대방에게 요구하기보다는 봉사하기를 즐겨야 하고, 상대방의 약점보다는 장점을 더 드러내야 하고, 몸과 마음을 편안하게 해주기 위해 마음 쓰는 것, 그것이 부부생활의 만고의 진리란다. 자식을 낳으면 어떻게 하느냐고? 그것은 아무도 가르쳐 주지 않지만 그 문제로 남의 지혜를 빌리는 사람은 거의 없단다.

사랑하는 나의 막내야!

너는 시집을 갔으나 여전히 우리 집의 아들임을 잊지 말아라. 옛날 신사임당 같은 분을 생각해 보렴. 그분은 시집의 며느리 노릇과 친정집의 딸 노릇을 죽을 때까지 슬기롭게 병행시킨, 참으로 현명한 여인이셨다.

나는 네가 21세기에 또 하나의 신사임당, 아니 '심사임당(沈師任堂)'이 되기를 빌며 이 글을 마친다. 황 서방에게도 똑같은 사랑을 보내며…….

-서울에서 아비 씀-

'돈'과의 대화

지난해 연말 이후로 우리나라에 불어닥친 경제적 한파를 우리는 IMF 시대라고 부른다. 우리가 돈을 잘못 관리했기 때문에 생긴 일이라고 한다.

나는 문득 이열치열(以熱治熱)이라는 말이 생각났다. 돈 때문에 생긴 어려움을 돈으로 해결해 보자. 그리고 주머니에서 주섬주섬 우리나라 돈을 종류별로 꺼내어 책상에 늘어놓았다. 주화가 다섯 가지, 지폐가 세 가지, 모두 여덟 종이다.

"대한민국의 돈이여! 그대들이 이 민족, 이 국가를 위하여 이 세상에 태어난 존재들이라면 그대들은 분명코 고난을 받고 있는 이 백성들에게 하고 싶은 말이 있으리라. 말하라.

대한민국의 돈이여! 이 민족의 밝은 미래를 위하여!"

나는 기도하는 심정으로 이렇게 돈을 향해 말을 걸었다.

"저희들이야 어디 돈 축에나 듭니까? 지폐 형님들께서나 말씀하시지요." 오십 원짜리가 이렇게 퉁명을 부린다.

"아닐세. 일 원이 있고 나서야, 십 원도 있고 천 원도 있고 만 원도 있는 것 아닌가. 그런 소리 말고 일 원짜리 아우님부터 이야기를 해 보세나." 오백 원짜리가 중간 형님답게 눙치는 말을 건넨다.

나는 인내롭게 기다리기로 하였다. 한참만에 일 원짜리부터 입을 열기 시작하였다.

"저는 등판에 무궁화를 지고 있습니다. 한국 사람으로 태어났으면 무궁화 금수강산, 이 땅의 고마움을 잊어서는 안 된다고 말하고 싶어요."

"저의 등에는 불국사의 다보탑이 새겨져 있지요? 이 세상만 세상이 아니라 저승이라는 것도 있다는 것을 말하고 싶군요." 십 원짜리의 말이었다.

"저는 농사의 중요성을 일깨워주고 싶었어요. 세상살이의 가장 원초적인 것이 먹는 일 아닙니까? 그래서 벼 이삭을 지고 있지요." 오십 원짜리가 말을 받았다.

"그래요. 세 분 아우님들이 무궁화 동산인 한반도에 태어나 삶과 죽음이라는 근원적인 문제를 먼저 생각하게 하였으니, 나는 미래를 설계하기 위해서는 과거를 돌이켜 볼 필요가 있다는 것을 말해야겠군요. 과거를 알려면 모름지기 과거 조상들을 알아야 하지 않겠습니까? 그래서 저는 옛날 관복을 입은 조상의 흉상을 지니고 있습니다." 백 원짜리의 말이었다.

"아우님 말씀 참 좋습니다. 저는 백 원짜리 아우님 뜻을 살리기 위하여, 한 마리 단정학(丹頂鶴)을 준비했어요. 이 학을 타고 과거로 날아가서 조상님들의 가르침에 귀 기울이라고요." 오백 원짜리가 이렇게 모든 책임을 지폐 형님들에게 떠넘기는 발언을 하면서 비죽이 웃는다.

나는 다섯 가지 주화를 거듬거듬 집어서 동전 지갑 속에 넣으며 세 가지 지폐를 가만히 들여다보았다. 세 분의 조상님들 퇴계(退溪) 이황(李滉) 선생과 율곡(栗谷) 이이(李珥) 선생, 그리고 세종대왕님. 이 세 분이 눈을 부릅뜨며 대갈일성(大喝一聲) 호통을 치시는 것 같다.

"못난 사람들 같으니라구. 어떻게 지켜온 민족이며 나라이던가? 두 도막으로 갈라진 것도 빨리 아물려야 할 상처이

거늘, 이제는 돈 관리조차 제대로 못해서 부도를 내고 IMF 시대라는 굴욕을 받는단 말인가?"

세 분 조상의 부릅뜬 눈에서 피눈물이 맺히는 것이 아닌가!

나는 나도 모르게 머리를 조아리며 이렇게 더듬더듬 말씀을 드렸다.

"퇴계 선생님, 저희들이 정말로 잘못했습니다. 선생님께서 일생을 통하여 저희들에게 가르쳐주신 그 경(敬) 사상을 저희는 실천하지 못했습니다. '경'은 겸손이요, 양보입니다. 그것은 검약이요, 인내입니다. '경'은 만 원이 있어도 천 원밖에 없는 것처럼 사는 것입니다. 저희가 그것을 깜박 잊었습니다."

"이제라도 알았다면 됐네그려." 가슴속의 분노를 삭이시며 퇴계 선생께서 이렇게 말씀하시기를 기다리며 나는 또 더듬거렸다.

"율곡 선생님, 저희들은 정말 미련했습니다. 선생님이 생전에 그렇게도 애타게 십만양병(十萬養兵)을 주장하셨지만 뜻을 이루지 못하셨지요. 저희들이 또 그러한 어리석음을 범했습니다. 언제나 10년, 20년 먼 미래를 바라보며 삶의 지혜를 키우라는 그 가르침을 저버렸습니다. 10년은커녕 내일을 제대로 예비하지 못하고 있는 돈을 펑펑 썼습니다."

"그렇다면 앞으로는 미래 설계에 자신이 있는가?" 율곡 선생님도 울화를 참으시며 이렇게 말씀해 주시면 얼마나 좋을까. 나는 염치없이 세종대왕께 또 말씀을 드렸다.

"전하, 죽을 죄를 지었습니다. 백성이 있고 나서야 임금도 있는 것임을 몸소 실천하신 전하의 생애를 저희들은 까맣게 잊고 살았습니다. 한글날을 공휴일에서 없애버렸듯이, 저희들의 의식 속에서 이웃 사랑, 백성 사랑의 마음을 없애고 돈 무서운 줄을 몰랐습니다. 전하! 이제 정신을 차리고 보니 IMF 시대가 찾아왔군요. 다시는 이렇게 어리석은 후손이 되지 않겠습니다. 용서하여 주옵소서. 용서하여 주옵소서."

나는 책상 위의 종이돈을 향하여 정성스레 두 손을 모아 합장을 하였다. 부처님 앞에 절을 하는 자세로.

도둑의 변신

옛날 어느 마을에 마음씨 곱고 글씨 잘 쓰는 선비가 살고 있었습니다. 그런데 이 선비는 심성도 곱고 글씨고 명필이지만 매우 가난하였습니다. 그래서 마을 입구에 움막 같은 초가에 살았습니다. 그 초가집은 담장도 울타리도 없었습니다.

그 마을로 드나드는 사람들은 그 선비의 움막을 지나쳐서 마을로 가게 되었습니다. 그러니까 해가 저문 밤이거나 달도 기운 새벽녘 같은 때에 선비의 집 앞을 지나가게 된 사람들은 선비의 움막 벽채를 향해서 오줌을 누는 경우가 있었습니다. 워낙 초라한 움막이니까 지나가던 사람들은 그것이 어느 부잣집의 헛간이거나 움을 묻은 곳간쯤으로 생각하였기 때문입니다.

하루, 이틀도 아니요 여러 달, 여러 날 사람들이 오줌을 누다보니 선비의 집 벽채는 오줌 지린내가 배게 되었습니다. 선비는 대책을 마련하지 않을 수 없었습니다. 여러 날을 궁리한 끝에 선비는 오줌 누는 벽채에 경고문을 붙이기로 하였습니다. 그 벽채에는 경고문 하나가 붙여졌습니다.

不可隨處小便(불가수처소변)
아무 곳에서나 오줌을 누면 아니 됩니다.

선비의 명필 솜씨가 제대로 드러난 경고문이었습니다. 어느 날 밤이 이슥한 때에 한 도둑이 그 마을로 홈치러 들어가다가 역시 오줌이 마려워 선비의 움막 앞으로 다가서게 되었습니다. 도둑은 아무 생각없이 오줌을 누다가 희끄무레한 종이쪽에 무엇이 적혀 있는 것을 보게 되었습니다.

부싯돌을 쳐서 그 종이를 살펴보니 그것은 다름 아닌 그 자리에 오줌을 누지 말라는 경고문 아니겠습니까?

"不可隨處小便이라."

도둑놈은 별생각 없이 중얼거렸습니다. 그러다가 화들짝 놀라 고의춤을 추켜 올리며

"아하, 그렇지 아무 데서나 오줌을 누면 안 되지. 그런데 그 글씨 한번 명필이구나."

저절로 탄성을 발(發)하고야 말았습니다. 그도 그럴 것이 정말로 그 글씨는 명필이었기 때문이었습니다. 그 도둑은 생각이 달라졌습니다. 살살 침을 발라 그 경고문을 떼어 내어 품 안에 감추고 마을로 도둑질을 하러 들어갔습니다.

그 도둑이 일을 마치고 자기 집에 돌아와 품속에 감추고 온 경고문을 꺼내어 펼쳐 보았습니다. 밝은 날에 보니 글씨에는 신령한 기운이 서린 듯 아름답기 그지없었습니다. 그래서 그것을 표구하여 편액(扁額)을 만들어 걸기로 작정하였습니다. 그러다가 문득 생각하였습니다.

"아무리 글씨가 좋기로 아무 데나 오줌 누지 말라는 경고문을 액자로 만들 수는 없지 않은가?"

도둑은 글씨가 탐이 나서 가져오기는 했으나 그만 그 내용이 상스러워 여러 날을 고민만 하였습니다. 그러다가 문득 한 꾀가 떠올랐습니다. 도둑은 그 경고문을 펴놓고 여섯 개의 글자를 한 자씩 잘라냈습니다. 그리고 순서를 바꾸어 배열해 보았습니다.

"됐다. 이렇게 하면 되겠구나." 도둑은 새롭게 배열한 글자대로 예쁘게 표구하여 편액을 만들었습니다.

小處不可隨便(소처불가수편)
아무리 작은 일에 처하여도 편리함만을 따르려 해서는 안 된다.

도둑은 이 편액을 대청마루 한가운데 걸어 놓았습니다. 그리고 생각하였습니다.

"그렇구나, 내가 편한게 살자고 도둑질이나 해서야 되겠는가!"

그 도둑은 점점 마음이 괴로워 견딜 수가 없었습니다. 그리고는 대오각성(大悟覺醒)을 하게 되었습니다.

"똑같은 글자라도 순서만 바꾸면, 하찮은 이야기가 뜻깊은 교훈이 되거늘, 나도 마음만 바꾸면 훌륭한 인물이 될 수 있지 않겠는가?"

그 후로 그 도둑은 글씨의 주인공을 찾아가 사례하고 그동안 모은 재산을 털어 선비에게는 좋은 서당을 지어 학동들을 가르치게 하고, 자기 자신은 열심히 일하는 농사꾼이 되었다고 합니다.

논리와 상상

사람의 생각하는 능력을 이성과 감성과 의지의 세 가지로 나누어 놓고 보는 사람들이 흔히 빠지기 쉬운 오류는 그 세 가지, 이성과 감성과 의지가 서로 담을 쌓고 있어서 그것들이 서로 주고받음이 없는 인식 작용이라고 생각하는 것이다. '생각한다, 느낀다, 하고 싶다, 알고 있다' 같은 것이 그렇게 서로 다른 것인가? 그렇지 않을 것이다. 안다는 것과 느끼는 것, 생각한다는 것과 뜻을 둔다는 것, 그런 것들은 모두 하나의 마음가짐을 어떤 관점에서 바라보느냐 하는 것의 문제이니 모두가 마음의 움직임이라는 점에서 하나의 동작, 또는 하나의 상태일 뿐이다.

그렇다면 논리적 사고와 상상력의 발동은 같은 뿌리에서

나온 마음의 움직임일까, 아닐까? 이성과 감성이 둘이 아니요 하나라면 논리성과 상상력도 또한 둘이 아니요 하나라 할 수 있지 않겠는가?

아주 오래전 옛날의 경험 하나를 소개하고자 한다. 고등학교 시절의 작문 시간이었다. 원고지를 준비해 오게 하고, 칠판에 백일장의 시제(詩題)를 적어 놓듯 글짓기 제목을 적어 놓은 다음, 한 시간 내내 뒷짐을 지고 어슬렁거리시다가, 글짓기한 원고지를 수합하여 휑하니 나가버리시는 선생님의 행태를 잘 알고 있는 우리들로서는, 이번에는 무슨 제목이 칠판에 쓰여질 것인가? 그리고 우리는 어떻게 그 제목에 걸맞는 거짓말을 꾸며댈 것인가를 고민(苦悶)하고 있는 참이었다. 그러나 그날은 아주 다른 수업 진행이 기다리고 있었다.

선생님은 칠판에 다음과 같은 두 줄의 한시(漢詩) 대구(對句)를 적어 놓으셨다.

狗走梅花落(구주매화락)이요
개가 달려가니 매화꽃이 떨어지고
鷄行竹葉成(계행죽엽성)일세

닭이 걸어가니 대나무 잎이 생겼네.

선생님은 설명을 시작하셨다.

"애들아, 옛날엔 서당에서 『천자문(千字文)』을 떼고 나면 『동몽선습(童蒙先習)』이라 하는 도덕 과목을 공부했느니라. 그 과목도 끝나고 나면 『소학(小學)』이라고 하는 고급 도덕 과목으로 들어가게 되는데 말야. 하기는 옛날 한문 공부에서 도덕 과목 아닌 것이 어디 있겠니. 그런데 도덕이 아닌 게 있기는 하지. 문학 과목에 속하는 것으로 '추구(推句)' 라는 게 있거든. 그래서 오늘은 그 추구를 한 줄 읽으며 글을 지어 볼까 한다."

선생님의 말씀은 계속되었다. 추구(推句)라는 시구의 모음은 어린 학동들에게 문학적 감수성을 계발하는 아주 좋은 교재였다는 것, 그리고 시는 기본적으로 대립 개념의 낱말들로 이루어진 대구법(對句法)이 생명이라는 것, 그 대구법(對句法)의 묘미가 곧 문학적 흥취의 핵심이라는 것 등을 말씀하셨다.

그리고는 불쑥 칠판에 쓰인 시구를 가리키시면서,

"너희들, 저 시구의 앞이건 뒤이건, 아니 뒤에라야 좋겠지. 저 시구 뒤에 그 말을 잇는 짝이 될 시구를 지어보도록 해라. 갑자기 한문 시구를 만들어 낼 재간은 없겠구, 그냥 우리말 풀이의 시를 지어도 괜찮아."

이 말씀이 선생님의 결론이었다.

우리들은 망연자실할 수밖에. 도대체 개의 달림과 닭의 걸음이 매화꽃이나 대나무 잎과 무슨 관계가 있단 말인가? 시라는 것이, 문학이라는 것이 아무리 엉뚱한 소리를 지껄이는 것이라 할지라도 이건 너무 심하지 않은가?

우리들은 모두 창밖을 내다보거나 천정을 쳐다보면서, 아니 서로 얼굴을 마주 보면서 장난기 어린 눈빛으로 윙크를 보내면서 그 엉뚱한 시구의 뒤를 이을 엉뚱한 한마디를 만들어 내려고 하였다. 그러나 그날의 작문 시간은 고스란히 부질없는 공상으로 허비하였고, 끝나는 종이 울리자 선생님은 그 문제를 숙제로 남기시고는 총총히 교실 밖으로 나가시었다.

그리고 그다음 주, 작문 시간. 선생님은 교실에 들어오시자마자

"숙제해 온 사람."

이렇게 외치셨다. 물론 응답이 있을 리 없었다. 우리들은

선생님이 지난주 일을 잊어버리셨거나, 마음이 변해서 다른 얘기를 해 주실 것을 은근히 기대하고 있었으니까.

"녀석들, 할 수 없지 뭐. 내가 북 치고 장구 칠 수밖에."

그러시더니 다음과 같이 적어놓으시는 것이었다.

지난밤에 첫눈이 엷게 내리니
昨夜初雪薄(작야초설박)하니
오늘 아침 뒤뜰이 하얗게 밝았네.
今朝後庭明(금조후정명)이로다.

우리들은 그 넉 줄의 시구(詩句)를 나란히 놓고는 한참을 지나서야 "아하, 그렇지 그렇지.", "음, 음, 맞아 맞아." 여기저기서 한숨 섞인 깨달음을 토해 냈었다.

이 깨달음은 어쩌면 문학이 무엇인가를 감동적으로 이해한 첫 번째의 경험이 아니었을까 싶다.

첫눈이 내린 마당에 살포시 흰 눈이 쌓여 있다. 거기에 삽살개와 씨암탉이 쪼르르 달려간다. 강아지의 발자국과 씨암탉의 발자국이 나란히 찍힌다. 하나는 매화꽃을 만들고, 또 하나는 대나무 잎을 그린다.

“이제야 알겠어? 그게 글짓기야. 그 정도의 감각도 없이 무슨 문학을 하겠나? 그런데 너희들 기억해 둬. 이런 작문 공부를 옛날 서당에서는 예닐곱 살 어린아이들이 했다는 거! 너희들 지금 몇 살이야?”

가승家乘, 그 무형의 교훈

세상에 부정확한 것이 많이 있지만 말처럼 부정확한 것도 없을 것이다. 정확한 표현을 하자면 말이 길어지기 때문에 일어나는 현상이기도 하다. 나는 '나를 키워준 한 권의 책' 이라는 제목으로 원고 청탁을 받고 몇 번이나 핑계를 대고 미루다가 이제야 붓을 들었다. 그 제목에 맞는 글은 도저히 쓸 수 없겠다는 생각 때문이었다.

한세상을 살아가면서 정규 학교에서 공부하는 기간만 해도 10여 년에서 20년이 가까운데, 그동안에 읽은 책을 헤아리면 최소한 수백 권에 이를 것이요, 또 그것도 부족하여 끊임없이 고전과 신간 서적을 찾아 읽어야 하는 터에 '나를 키워준 한 권의 책' 이라니.

그러나 세상 사람들은 이러한 제목에서 공통적으로 받아들이는 합의 사항이 없는 것은 아니다. 그것은 '나의 생애에 가장 큰 영향력을 행사한 몇 권의 책 가운데에서 하나를 찾는다면' 이라는 의미가 될 것이다. 그렇지만 이러한 뜻으로 해석한다 해서 또 즉시 손꼽히는 책 이름이 떠오르는 것은 아니다. 그것은 마치 '나를 키워준 하나의 음식' 처럼, 여전히 필요한 모든 것 가운데서 하나만을 지적한다는 것이 힘도 들거니와 무의미한 것 아니냐고 자꾸만 뒷덜미를 잡아끄는 조심성이 작용하기 때문이다.

그러나 이런 제목의 글을 쓰기로 작정한 이상, 나는 한 권의 책을 지적하지 않을 수 없다. 그래서 나는 눈을 딱 감고, 책상 서랍 깊숙한 속에서 까맣게 손때가 묻은 한 권의 책(?)을 끄집어 낸다. 정확하게 말한다면 그것은 책이 아니다. 보통의 책이라면 거기에는 인생살이에 도움을 주는 교훈이 들어 있게 마련이다. "이웃을 네 몸같이 사랑하라."는 지시적 명령이 있거나 "인생은 어차피 고통의 바다인 것을…." 같은 고뇌에 찬 철학적 명제 같은 것이 들어 있어야 한다. 세상 사람들은 그러한 명령과 명제 속에서 자신의 인생길을 밝히는 등불을 찾아내어 그것으로 삶의 지표를 삼겠다는 결의를 다지며 감동해 한다. 그렇지만 내가 끄집어 낸 책에는 그러한 도움의 말씀이 단 한 마디도 없다. 그리고 또 보통의 책이라면 그것을 지은 저명한 작가가 있게 마련이다. 한 분의 성현(聖賢)일 수도 있고, 수천 년에 걸쳐 수십, 수백 명의 인물이 동원된 것일 수도 있다. 그리스도교의 '신 · 구약 성경'은 얼마나 오랜 세월, 얼마나 많은 필진이 참여하였는가? 어쨌거나 보통의 책이라면 지혜를 담은 그릇이어야 마땅할 것이지만 내가 꺼내 놓은 책은 지은 사람이 누구라고 말할 수 없다.

책 읽기로 말한다면, 나는 평생토록 꽤 많은 분량을 읽은 셈이다. 어린 시절, 책 읽기로 방학 내내 도서관을 찾은 적이 있었다. 아침 일찍 읽고 싶은 책을 받아 가지고 열람실 한쪽 구석에 앉으면 점심도 굶은 채, 책 속에 파묻히곤 했었다. 도서관을 나올 때에는 책 속에 들어 있던 세상과 어둠이 깔리기 시작하는 도서관 앞길의 세상이 너무나 다르다는 사실을 깨달으면서 나는 어질어질 현기증으로 발을 헛딛곤 하였다.

그 무렵, 그러니까 나의 중학 시절과 6 · 25동란은 완전히 겹치는 기간인데, 그 대부분은 피난살이로 세월을 보냈고, 또 상당 부분은 시장 바닥에서 담배 목판을 메고 다녔지만 어김없이 학년은 올라가는 혼란의 세월, 무슨 마음을 먹고 도서관에서 몇 번씩이나 하루해를 꼬박꼬박 넘겼었는지 모를 일이다. 굳이 원인을 찾자면 어느 선생님의 말씀을 못 이기는 채 속아주고 싶은 마음은 아니었을까? 선생님은 이렇게 말씀하셨다. "책 속에는 얼굴이 옥처럼 아름다운 여인이 있단다. 〈서중유녀안여옥(書中有女顏如玉)〉" 물론 선생님은 공부를 열심히 하는 것이 출세를 보장하는 것임을 강조하는 말씀으로 하신 것이지만, 나는 짐짓 그것을 액면 그대로 받아들이며 책을 읽을 때마다 책갈피에서 미인도(美人圖) 한 장이 떨어지지 않을까 하고 책을 흔들어 본 적도 있었다.

또 나의 서가(書架)에는 줄잡아 삼천 권은 넘을, 꽤 많은 책이 꽂혀 있다. 40년 동안 훈장 생활을 하면서 모인 것들이다. 그러나 그 모든 책이 지식을 늘리는 데에는 유익할지 모르나 지혜를 얻기 위한 책은 아니라는 사실이 나를 놀라게 한다. "이 많은 책들이 내가 밥을 벌어먹기 위한 도구였지, 내 영혼을 살찌우는 지혜의 샘물은 아니었구나." 나는 한숨이 저절로 흘러나왔다. 하기야 그런 책들 속에서 영혼의 양식이 될 책이 아주 없지도 아니하다. 가령 『육조법보단경(六祖法寶壇經)』은 불교에서 말하는 '마음'이 무엇이며, 그 '마음'을 어떻게 다스려야 할지를 깨닫게 하였다는 점에서 내가 아끼는 책이요, 또 요즈음 묵상 자료로 한문 공부 삼아 읽고 있는 노자(老子)의 『도덕경(道德經)』도 빼놓을 수 없는 영혼의 책이다. 얼마 전에는 몇백 번도 더 읽었을 한 구절 '상선약수(上善若水)'에 이르자, 그 말뜻이 너무도 좋아서 하루 종일 '상선약수(가장 아름다운 것은 흐르는 물과 같은 법)'를 노래처럼 흥얼거리기도 했었다.

그러나 지금 내가 들고 있는 책 아닌 책은 무엇인가? 그것은 내가 누구인가를 내가 죽은 뒤에도 몇 글자로 밝혀야 하는 것이다. 거기에는 나의 직계 조상이 차례차례로 적혀 있다. 나는 그 스물다섯 번째 인물로 기록되어야 한다. 이른바 가승(家乘)이라고 하는 내 집안의 세보초(世譜抄)이다.

이제 나는 이 글의 제목을 바꾸어야 할까 보다. '내가 만들어 가는 한 권의 책'으로. 우리는 누구나 한 권의 책을 만들어 간다. 언제 태어나 언제 죽었으며, 살아서는 무슨 일에 미친 듯 매달렸었노라는 몇 줄의 공적과 함께. 그때에 후손들이 애써 감추고 싶은 이야기를 만들지 않기 위해서 나는 오늘도 '상선약수'를 노래 부르며 집을 나선다.

법열法悅 이제二題

그것은 분명 법열(法悅)을 느끼는 아름다운 체험이었다. 법열이란 무엇인가? 참된 이치를 깨달았을 때 느끼는 황홀한 기쁨이 아닌가? 그렇다면 나는 그때에 깨달음의 경지에 올라섰음을 체험하였다는 말인가? 그리고 그 깨달음과 함께, 뒤미처 찾아온 황홀한 기쁨에 몸을 떨었다는 말인가? 그러나 나는 그것을 감히 수행적 차원의 오도적(悟道的) 경지로 말하고 싶지는 않다. 차라리 그전에는 맛볼 수 없었던 황홀경, 그러면서도 "아하! 그래 바로 이거야." 하는 느낌이 내 온몸을 감싸고 돌았던 것만은 분명하다.

그래서 만일에 지금까지 막연하게 알고 있었던 어떤 지식, 또는 전혀 의식하지 못한 채 지니고 있었던 어떤 감정이 새로운 사태에 직면하는 순간, 갑자기 그 상황이 감상적 체험으로 다가오면서 "아하! 그래 바로 이거야."라고 자기도 모르게 탄성을 발(發)하게 되는 것이 곧 깨달음이요, 그러한 순간의 경험을 통하여 세상의 이치를 하나씩하나씩 깨달아 가는 것이라면 바로 그 황홀함이 곧 깨달음이라 말해도 무방할 듯하다. 다음은 그 깨달음에 접근했던 두 개의 예화이다.

제일화(第一話). 수남각(樹南閣) 주인 김동리 선생의 서재에서였다. 선생님이 나오시기를 기다리는 동안 서재를 두리번거리다가 선생님의 자작시 한 수를 자필로 써서 목각으로 새겨 걸은 편액(扁額)에 눈길이 머물렀다. 아무 생각 없이 읽어 나가다가 나는 그 시를 끝까지 읽기도 전에 그만 목이 메어 울고 있었다. 그때 나는 온몸이 꽉 조여오는 듯 오무라드는 듯하였고, 기쁨인지 슬픔인지 분간할 수 없는 울음이 입속을 맴돌았다.

파랑새를 좇다가 들끝까지 갔었네.
산빛깔 흙냄새 모두 낯선 타관인데.
패랭이꽃 무더기져 피어 있었네.

나는 지금도 그때를 생각하며 숙연히 울고 싶을 때마다 이 시를 조용히 읊조린다.

제이화(第二話). 일본 오사카를 지나가면서였다. 이른바 한국의 냄새, 한국 역사의 맛을 느낄 수 있는 몇 군데를 둘러보고 나서 도대체 일본 속에는 한국과 한국 문화라는 것이 어떤 의미가 있는 것일까를 생각하며 들어온 곳 – 거기는 나카노지마(中の島)에 있는 동양도자기박물관(東洋陶磁器博物館)이었다. 고려자기 전시실에 이르자 갑자기 딴 세상이 펼쳐지는 것 같았다. 그리고 나도 모르게 "야! 이것이 고려자기로구나." 하는 말이 튀어나왔다. 나는 흥분이 되어 춤을 추고 싶었다. 아니 내 몸속의 혼불은 이미 너울너울 춤을 추고 있었을 것이다. 조선백자의 전시실로 옮겨 왔다. 이 어찌된 일인가. 나는 또 중얼거렸다. "그렇지, 그렇지, 이것이 이조백자이지!" 나는 거기가 일본이라는 생각이 들지 않았다. 옛날 고향집의 사랑방 같기도 하고 어머니의 음성 같기도 한 그 방의 분위기. 그리고 그 백자 그릇에서 흘러나오는 그 유백(乳白)의 웃음. 나는 그 감정을 주체할 수가 없었다. 나도 모르게 청자실과 백자실을 왔다 갔다 하였다. 내가 만일 그 박물관을 다시 찾아간다면, 이번에도 역시 미친 듯이 청자실과 백자실을 왔다 갔다 하며 억누를 길 없는 나의 느낌을 내 살갗에 박아 넣으려 할 것이다.

생각한다는 것과 말한다는 것

(Ⅰ) 석굴암 본존불 앞에 서 본 적이 있는가? 그것은 화강암 돌조각이건만 따스한 체온이 느껴질 듯하고, 그것은 우러러보아야 하는 거대한 체구이건만 사랑방에 앉아 계신 할아버지처럼 가깝고도 자상스럽게 다가온다. 우리는 그 부처님을 우러러 뵈오며 드려야 할 말씀을 가다듬는다.

"부처님, 당신은 풍만하면서도 단아하시고, 온화하면서도 준엄하십니다."

(Ⅱ) 강원도 정선군(旌善郡) 남면(南面) 무릉리(武陵里) 발구덕 마을. 석회 동굴을 들어갔다 나와서 실개천 흐르는 밭두렁에 앉았다가 귀청을 간질이는 정선 아리랑의 애절한 가락을 들은 일이 있는가? 그것은 목구멍에서 나오는 소리

가 아니라 끝도 바닥도 알 수 없는 가슴 어느 언저리에서 울려 나오는 것 같은데 청아한가 하면 구성지고, 은근한가 하면 간절하다. 가슴을 적신다고 말해야 할까, 간장을 녹인다고 말해야 할까, 몸속의 핏줄이 정(情)으로 물들고, 한(恨)으로 맺히면서 이랑 지어 흐르는 것을 느끼게 된다.

위의 두 글은 각각 본 것과 들은 것에 대한 느낌을 나타내고 있다. 부처님도 말이 없으셨고, 정선 아리랑의 노랫가락도 노랫말을 분간할 수 없었다면 음률(音律)과 곡조(曲調)뿐이었는데, 우리는 그것을 풍만하다, 온화하다, 청아하다, 은근하다 같은 낱말을 동원하거나 가슴을 적신다, 간장을 녹인다 같은 표현으로 그려내고 있다.

말이란 이처럼 세상의 삼라만상을 그려내는 그림이다. 모양도 그리고 소리도 그린다. 그러나 그려낸 말은 삼라만상 그 자체가 아니라, 그것을 보고 들으며 느끼고 생각한 것의 일부일 뿐이다. 다시 말하여 말은 세상을 그려낸 그림이지만, 불완전한 그림이다. 말하는 사람의 느낌과 생각이 시시각각으로 바뀌고, 또한 사용하는 언어의 어휘 수가 유한하기 때문에 삼라만상의 진면목은 여전히 인간의 언어와는 일정한 거리를 유지하고 있다.

인간은 말을 통하여 생각과 느낌을 드러낼 수밖에 없지만 생각과 느낌의 얼마만큼을 그려내는 것일까? 인간을 일컬어 생각하는 동물이라고 한다. 그러나 우리가 자동차 운전을 할 때, 또 운동 경기를 할 때, 우리의 동작은 자율 신경 조직을 통하여 이루어지지 말이라고 하는 논리적 체계의 사고 작용을 거치지 않는다.

이렇게 볼 때에 삼라만상보다 인간의 감정과 생각은 그 규모가 엄청나게 작고, 또 그렇게 작은 인간의 감정과 생각보다 그것을 표현한 인간의 언어는 더 말할 수 없이 작다. 그러나 우리 인간은 이처럼 초라하기 그지없는 언어 자산을 가지고 인간이 생각하고 느낀 바를 그려냄으로써 삼라만상의 진면목에 도전한다. 작디작은 언어가 중간 크기의 생각과 느낌을 거쳐 가장 큰 삼라만상, 온 우주를 그려내는 것이다. 생각해 보면 신비하다고 말할 수밖에 없다. 그러면 이러한 일은 어째서 가능한 것일까?

그것은 언어가 생각과 느낌을 조직적이고 체계적인 사고 과정을 통하여 표출되기 때문이다. 조직적이고 체계적인 사고 과정이라는 것은 부족한 어휘를 동원하여 결코 서두르지 않으면서 점진적으로 사물이나 사건의 실체를 그려내려는 노력이라고 할 수 있다. 텔레비전 화면을 생각해 보자. 그것은 무수히 많은 점들이 순차적으로 주사(走査)되어 한 폭의 화면을 구성한다. 이처럼 우리는 우리가 갖고 있는 언어 자산, 곧 낱말들을 동원하여 차분하게 하나씩 하나씩 연결 지음으로써 한 폭의 그림 같은 한 줄의 문장, 한 도막의 글월, 한 편의 시를 만들어 낸다.

그러나 만일에 우리의 생각하기가 텔레비전 화면을 구성하듯 체계적이고, 조직적이고 순차적으로 진행되지 않는다면 우리가 사용하는 언어는 결코 아름다운 화면을 구성하지 못하는 고장난 텔레비전처럼, 남들이 제대로 알아들을 수 없는 이상하고 무의미한 음절의 조합이 된다.

우리는 가끔 언어로 표현될 수 없는 생각하기의 높은 산을 넘을 때가 있다. 무념무상(無念無想)의 참선(參禪) 같은 것이 바로 그것이다. 그러나 이 참선도 다른 사람과 공유하는 득도(得道)의 수단이 되기 위해서는 그 경지에 이르는 방법이 논리적 표현 수단인 언어의 신세를 지지 않을 수 없다. 이렇게 본다면 언어는 인간의 사고와 이 세상 만물 모든 존재를 중간에서 이어주는 영롱한 무지개가 아닐 것인가? 우리

인간은 이 무지개를 타고 오늘날의 인류 문명을 아름답게 수놓고 있다.

| 명문동양문고 ❾ |

심재기 교수 산문선 [2]

한국인의 언어 감각

초판 인쇄 2019년 1월 25일
초판 발행 2019년 1월 30일

지은이 | 심재기
발행자 | 김동구
디자인 | 이명숙 · 양철민
발행처 | 명문당(1923. 10. 1 창립)
주 소 | 서울시 종로구 윤보선길 61(안국동)
우체국 010579-01-000682
전 화 | 02)733-3039, 734-4798(영), 733-4748(편)
팩 스 | 02)734-9209
Homepage | www.myungmundang.net
E-mail | mmdbook1@hanmail.net
등 록 | 1977. 11. 19. 제1~148호

ISBN 979-11-88020-77-5 (03810)
10,000원